一個中國的海

葉維廉　著

滄海叢刊

1987

東大圖書公司印行

© 一個中國的海

作　者　葉維廉
發行人　劉仲文
出版者　東大圖書股份有限公司
總經銷　三民書局股份有限公司
印刷所　東大圖書股份有限公司
　　　　地址／臺北市重慶南路一段六十一號二樓
　　　　郵撥／〇一〇七一七五－〇號
初　版　中華民國七十六年四月
編　號　E 83050
基本定價　肆元
行政院新聞局登記證局版臺業字第〇一九七號

給山水與人情美的追尋者　慈美

目次

第一輯　臺北與我

我那漸被遺忘了的臺北　三
爲友情繫舟　一五
我與「現代文學」　二九
時間無情的破毀　三四

第二輯　鄉情的追逐

海線山線　四一
憂鬱的鐵路　五九
千疊敷：晶陽的初生　六二
嘉南平原夜的儀式　六四
微雨下的屋頂　六五
境會物遊與愛　六九

第三輯　美國東行記事

美國東行記事　七五
湧發的春天　九〇
春水與白馬
谷原的廢井
蜂鳥那母親
春　雨
夜　立
大鳥和月亮
短　章　一〇一
無極之旅　一〇四
四四方方的生活，曲曲折折的自然　一〇八
動物園　一一〇
現代小品三則　一一三

第四輯　故鄉事

故鄉事　一二一
長安，在古代的蒼茫裏　一二七

第五輯 懷念

母親，你是中國最根深的力量 一四七
——寄給母親在天之靈
一個「中國的海」 一五三
——思懷歸岸了的浩海·歸岸
焚寄許芥昱 一七三
文質彬彬·活活潑潑 一七八
——悼吳魯芹老師
麋鹿居的辭行 一八一
——辭麋鹿居的主人我的老師吳魯芹先生
未竟之業 一八四
——悼美學家朱光潛先生
有花香和音樂的旅程 一八九
——焚寄岳父廖學義先生

附錄

在天色黑暗之前我們不回去 一九四

思維詩的來臨——評介葉維廉近期的詩和散文　王文興　一九
葉維廉簡介　二一三

第一輯　臺北與我

我那漸被遺忘了的臺北

就從那條晴天裏沙塵翻滾、雨天裏泥漿四濺、高低不平的羅斯福路說起吧。那是民國四十四年，我初來臺灣，帶著四川貨輪甲板上的眩暈，和公路局車的顚簸，進入了臺北。

那時的臺北，鋼筋水泥的高樓大厦不多。環目四顧，多半是一層的平房，有三合土的，但磚頭的木頭的房子佔相當大的數字。而在我熟識的南區，還有大量日式獨院獨戶的木頭房子，也是一層樓的，廊深廳濶，間格有致，非常清雅，有木板地和榻榻米兩種。從外面看，黑瓦斜簷，隱在院院花木間。而花木也有相當的變化，不是種類，便是剪裁，都呈現出細心的整理。平日走過，因爲沒有汽車，很安詳，總覺得是院深花落靜。外面的巷子本來也不狹，但由於兩旁往往有從小院子裏伸出來的樹木互相交錯，竟也使人感到巷窄偶鶯啼。

這當然是一些住宅區的情況。臺北市當時一般的面貌，卻是破舊的；除了衡陽路、中山路和舊臺北如延平區、萬華區一些古雅的老房子外，臨時搭建的、補補砌砌的建築相當顯著。隨便說幾處吧，譬如羅斯福路到公館一帶（公館以後已是農田的郊區了），便有很多這樣的建築。卽在城中心，也有兩處，其一是火車站對面（現在的希爾頓一帶），都是些單薄的簡陋的木房子，多半是吃的店，那裏以餃子出名；其二便是中華路鐵道兩旁臨時搭建的矮木頭房子。那裏形形色色的店都有，包括最出名的古玩店。我來臺第一次吃到的棒棒鷄和喝到的酸梅湯都是在那裏。也許是那時不識辨滋味，也許是回憶給我的甜美，我總覺得那裏吃到的是最好味道的棒棒鷄，喝到的是最純正的酸梅湯，雖然在那裏吃喝，往往汗流浹背，哄鬧若雷，且常常受到火車的煤烟襲擊。同樣地，成都路口的西瓜大王，門面簡陋，但紅黃兩種西瓜，都最爲甜爽，爲全臺北之冠，現在彷彿完全無法找到。

初來的印象難免有些失望，滿以爲從雜亂的香港到了臺北，一定會看到梳剪平齊的草坪，滿目光輝的白磚屋。那時年少，很容易犯上先入爲主的理想主義，把臺北想成外國電影裏片面呈露的綠油油的校園。等到接我的車子把我送到基隆路（現在的舟山路）的宿舍，那夢幻已經破滅了。先是基隆路上車塵蔽天，十尺內看不見前車，繼而大洞小洞，車子一拐一拐的蟻行。等入到宿舍一看，八張板床舖得寸餘厚的塵埃，叫我如何卸下行裝呢，心都軟了一半；又是初次離家，攪了個大半天，把屋子總算弄乾淨了，躺下來竟然禁不住落淚。彷彿是有意似的，宿舍裏一支殺鷄式的小提琴正在重覆著一段哀傷的調子，像那脫了軌的唱片。在這種初次離家的心情下，對臺北一般的破舊的印象便更加加深了。

但說也奇怪，破舊歸破舊，我竟很快的便由失落變爲喜悅。追想起來，也不是什麼巨大的人事變遷使我改觀雀躍。事實上，住的環境依舊，早餐仍是稀飯和一塊白豆腐或三十顆花生米，一個星期才一塊肥肉的現象也持續了很久。不是這些條件的改變使我有歸屬的喜悅，而是由與外面的人簡單的接觸而產生。

譬如，在我剛到的第一個下午，因爲已經有大半天沒有吃東西，自己從基隆路宿舍摸出來，糊里糊塗的，結果摸到公館那荒郊野田的市邊，在街角好不容易找到一幢低矮的木房子，才發現有花生湯和油條。那時是新臺幣五毛錢一碗，好吃極了，比我家鄉的杏仁糊還溜還甜。但不是因爲花生湯好吃，而是因爲那份令人難以忘懷的招呼。那穿著又舊又補的衣服的「阿婆桑」，她明明聽不懂我的廣東國語，竟是那樣滿臉笑容的親切，爲我擦乾淨坐位和熱騰騰攤子前的板條桌面，咕嚕咕嚕說了許多我聽不太懂而完全可以感覺出來的、大概是慰問我是否舟車勞頓的話，是那樣的熱心、純樸、樂天、和克難，使我突然有回到我故鄉之感。和香港對外省人的冷眼、疑懼或漠然如遊屍的氣氛，眞是恍如兩個世界。同樣地，入夜後，塵埃落定，在極暗極暗的街燈下賣一元一碗「赤肉麵」的老陳，簡單的麵攤，沒有什麼材料的湯麵，上面頂多有一塊薄如紙的瘦肉，但吃起來直是一團暖氣。我想，如果眞的分析起來，喝的恐怕還是味精湯罷了，但我們喝到的也是人與人的溫暖。這種站在街頭上簡陋的「消夜」，不是買賣，而是交往。

這裏不妨來個開叉筆，約莫在民國五十八年左右，我和太太從美國回到臺北娘家迪化街，那時她已經離開臺北七、八年了。有一天，她拿了我的一雙皮鞋到附近走廊下的鞋匠去補。她才開口，鞋匠老伯頭也不抬便說：放下來，我修好便給你送回去。我太太問：你知道要送到那裏嗎？他說：知道，是農產公司。他頭也不抬便知道了，因為認出了我太太的聲音。那怕是十年八年，一種熟識，一種互相的信任。是親密社羣的特色，是街坊裏鄉村式的相熟。這種相熟與互信的「街坊」氣質，在我剛到臺北的時候，是貫徹全市的。但在我們從美國回來的時候，這種氣質，除了少數幾個地區仍保存著之外，「隔離」、「異化」、「疑懼」，在經濟至上商業至上的鼓動下，已經逐漸的顯著，已經逐漸取代了「街坊」親密的社羣質素，這是後話。

當時的臺北使我由失望轉化為喜歡的第二點，可以說是當時的克難精神：樸實、刻苦、勤儉、努力、淡泊於名利，關懷家、國、朋友。如果允許我拿一部分香港來的同學和本地生比較，前者穿著較為眩耀，後者著重平實；前者（初來的時候）較為虛浮，後者大部分講求精神價值。在此當然是比較而言，突出的僑生和虛浮的本地生當然也是有的。

我記得，當時的西門町，也有一、二家燈紅酒綠的歌廳，唱的是準白光的調兒。但都不是一般人去的，起碼一般大學生不去；捧歌女，比排場，是少數權貴階級的事。沉迷於靡靡之音的，不是些太保類的少年，便是一些有錢的子弟，包括一小撮豪華的僑生，佔全人口的百分比極低。我們一般大學生（包括本地生和苦學的僑生），家教得來的三、四百元，生活都顧不了，那敢放浪形骸呢？事實上，大部分大學生和公務員的享受，除了看一場電影，便是跑到信義路一段的鍋巴大王，用舊報紙做的紙袋，裝滿滿的一袋香脆的鍋巴，在宿舍的暗光裏，沖幾杯喝完再沖沖再喝的清茶，吹一個晚上的牛。那時啊，很少亂「蓋」（「蓋」當然不是當年的用語），吹的竟然都是些很嚴肅的事，包括國家的前途、文化將來應走的方向、文學創作的藝術性等等，輕佻的題材也是有的，屬於樂而不淫類，吹的還是有關自身和民族的使命的居多。當時的「現代文學」和「筆匯」都可以說是那樣「吹」（催）生出來的。（和「文學雜誌」起自麻將桌上大不相同）我們那時的享受，壓根兒不知道什麼夢咖啡，什麼藍山咖啡，什麼花五百元臺幣看一個穿著長裙的大學女生跪下來爲你煮沸的咖啡，這些玩兒是「玩兒」，我們不能想像會發生，會成爲普遍的現象。

那時候的文人、詩人到那裏去呢？你或者要問。去，舉個例說，去南昌街的一些茶室，去衡陽路的田園，或武昌街的明星，幾張極其簡陋的藤椅，椅旁一些盆花，放的全是古典音樂，喝一杯四、五元的「長命」清茶，坐一個下午，談詩、論文、講藝術革命。追悼楊喚便是在這麼一個地方、簡單而嚴肅地舉行的。

至於看電影，都在西門町。事實上，一切的娛樂都在那裏，包括紅樓裏面演的話劇和說書。所以一到入夜，全城的人都被傾入西門町去。

到西門町，大多數人都坐臺北市殘黃色的公共汽車，那時沒有幾條路線，而幾乎每一條路線都經過中山堂後面的中華路。一到入夜，人頭洶湧，其熱鬧程度不下於現在。那時看電影，因爲是主要的娛樂，蠻是一回事的，大家都帶著赴約赴會的心情。雖然洋貨入侵還不太多，但大家都衣著入時，整齊莊重。一早便到成都路或西寧南路去，先喝一杯檸檬水或吃一片西瓜，從容不迫的，才去看電影。那些手頭鬆動的女孩子，可以在附近的委託行花上半天的工夫。當時沒有什麼百貨公司、購物中心、高級歐洲精選名牌服飾店，只有幾條巷子裏的委託行。在這幾條巷子裏，你可以看見最時髦的女子們，走過來，走過去，走過來，又走過去，恐怕給人看的意思多於選購新裝。

電影過後，可以散步到淡水河邊，迎那開闊涼快的夜。中興橋上都是情侶。那時車輛不多，所以走起來一點都不覺得受到威脅。事實上，那種悠然，不下於天津三月橋上遊。在夏天，橋下沙汀的草地上都擺滿了雙人的帆布椅，兩杯清茶，也不怕蚊蟲咬，細語輕聲入子夜，自有一番甜意。也可以沿著河邊水門的高牆下散步，聞著濁水滲入河水的味道，聞著偶因順風吹來的晾茶葉的花香，在星光下，在河影裏，互摟而行，讓夜，如橄欖葉把戀人細心的裹護著。

這樣走在夜裏，在當時，一點也不怕壞人出現。那時的臺北啊，幾乎可以夜不閉戶。不管你走在夜涼人靜的淡水河邊，或是圓山大直的林蔭道，在偶聞輕舟的螢橋堤邊，或是在臺北東郊南京東路體育館附近的田野……還有植物園婆娑的樹木間，（那時的植物園，沒有像現在那樣動物似的被圍起來！只能遠看，不能近親！圍起來也不知是誰的主意！當年我們可以細看植物的風姿，熟記植物的名字；現在嘛，大家保持距離，好陌生啊！）在臺北那時走到那裏都很安全，都很安靜。

說起來你們也不相信，我們縱橫臺北地走路，是很慣常的。譬如，吃過晚飯後，如果不去圖書館唸書而決定到西門町逛一逛的話，由臺大到西門町，也往往用走路的。你們現在很驚訝，那麼多壓得人透不過氣來的行車，那樣污濁的空氣，如此窒悶的炎熱，怎麼走法啊？甚至說我小氣。但那時啊，第一，沒有什麼車子。第二，街道上大樹還很多。譬如新生南路的中間，雖然那條排水圳也不怎樣像條溪水，但夾圳的兩旁盡是柳樹和杜鵑花，一路紅透過去，柳條輕拂，便先涼了一半。如果你懂得走，從師大圖書館後面，穿過永康街到信義路，再穿過曲折多趣的臨沂街到仁愛路，浸泳在深巷的靜憩裏，一路只有偶然從高樹上脫落花葉墜地的聲音。到了仁愛路，擁著兩排棕櫚步向突然展開的總統府廣場，然後穿過人約黃昏後的新公園。不熱、不煩，也不累，既有助於消化，復有益於沉思，不到半個小時便到了衡陽路。我的印象中，還沒有一次不愉快的。

說到走動，當然忘記不了那三輪車。三輪車，是我最懷念的事物。打個差強人意的比喻：由甲地走到乙地，可以採取兩種方式。有人爲了快些到達目的地，目光只向前面看，專心一致，一口氣不停地走，四面景物視若無睹，這是趕路式；但也有人，也要到達目的地，但慢慢的走，悠哉悠哉，吸取一路風光景物，和景物建立一種熟絡的接觸，這是散步式，比趕路式有詩意有人情味多了。但如果一定要代步，乘汽車是趕路，坐三輪車是散步，目的地既可達，賞心悅目的景物也可以擁抱。也許是我喜歡認識地方，把看地方看成結交朋友那樣去看的緣故，我很喜歡用步行，其次便是坐三輪車。我敢說，我雖然是一個來自外鄉的人，可是我比許多原來住在臺北市的人更熟識那時的臺北，大街小巷，我很少有不知道的。

在談戀愛的期間，我坐三輪車的機會較多。談戀愛的期間，坐三輪車便太有情趣了。可以親密而不怕人看見，倚肩相摟，披髮迎風，任閃動的景物，如抒情的音樂點逗你們情感起伏的跳躍；至於綿綿細語，還比咖啡廳方便。事實上，三輪車，對情人來說，可以說是一個活動的私有天地，怎是豪華的計程汽車可比！及至下雨，加上了帆布雨蓬，更是另有天地非人間了！回想起臺北市，爲了推廣計程車而火燒三輪車的事（什麼理由！）未免情傷不禁！多少美好的事物犧牲在「目的」「效率」和「利益」的大刀下，正如那些較合乎「親密社羣」的獨院獨戶的矮房子，也一一被割棄一樣。同之而去的，是親切的交往。「目的」「效率」「利益」的代價便是人與人之間的「隔離」、「異化」、「物化」。

在那時的臺北，生活上日常的需要，也會帶來不少現在不易結交的朋友。譬如賣赤肉麵的老陳，拉三輪車的老薛，賣紙筆的一些店員，雖然也不是深交的朋友，但那接觸的層次，卻不是你到超級市場和坐計程車可以結交到的。

你說我傷感，說我懷舊，說我古板，說我不够年輕人的衝勁與活力，說我愛上了緩慢，不够進步。這話恐怕是有問題的。說實話，那時雖然沒有「狄斯可」，但曼波、恰恰、搖滾樂已經有了。我雖然不是個中好手，但也時有參與的。只是玩樂之外，我們也沈思，想一些很深的問題，試圖在生命與表達之間作一些突破。寫文章、辦雜誌，不計名利，不計「商場的需要」；守住藝術的原則，只問耕耘地苦心追求人生較深廣的意義。這些例子太多了。不似現在有些年輕人，有計畫地，先來個商場調查，寫幾首詩，寫幾篇小說，希望一炮可以紅起來。或順著一些幸災樂禍的心態，唱反調，製造聳人耳目的文風。如果沒有反應，便立刻改弦易轍，幹些可以大量傾銷的行業，管它什麼「品味的沒落」！爲藝術而嘔心，那是傻瓜所作的事！他們說。

對不起，我怎麼突然變得嚴肅和認眞起來了。懷念臺北，是要懷念那時的輕快和美。就讓我談談女孩子的衣裝吧。那個年代，最好看的莫過於大蓬裙，上身穿一件反過來扣在背後的單色薄毛衣，腰紮得緊緊的，腰下如傘散開，再加細跟的高跟鞋。如果你站在博愛路的孔雀行門前，如我，看著她從三輪車緩緩著地下車，一步一步地顫著大蓬裙走過來，你將如我，看見 De'gas 的芭蕾舞者的輕盈多姿。啊，不只是她啊。那時盛裝的女子都是穿大蓬裙的。每於國際學舍或空軍新生社的舞會，或在西門町的戲院門前，如果你和我，站在一角，可以看見一朵一朵的花，在旋轉著空氣，把其他盛裝的男子，泡沫一樣地旋動，旋旋旋，好一幅清雅的點彩的舞景。

重要的是，那時甚少奇裝異服，不是樸雅的素裝，如南宋畫，便是多姿而典雅的蓬裙，如法國印象派，可謂動靜皆合體得宜。

美，不但存在於裙顫體旋，還存在於許多靜態的事物裏。我們或許可以這樣說，裙因顫而輕盈，體因旋而著韻，都是因爲有了跳動生命的緣故。所以，當一些靜物，如房屋，突然如靈魂從衣服裏躍出來那樣流露著一些生命的躍動，靜靜的用它們獨特的方式說著一些話，它們便像裙顫體旋的女子那樣一下子美了起來。

譬如那時的貴德街吧。當你走在那條時間被靜止在深巷的街上，看著兩旁荷蘭式的雕欄的陽臺，英國式的門閣，法式漢味的樓梯……聞著從倉庫深處飄出來的濃烈的茶味，突然彷彿

自遠遠的河面
顫動著
雨霧中寂寂的屋脊
馬蹄由卸貨的碼頭
一路得得的
把狹窄的一條小街踏成一支歌
孩子們從黑色的地窖傾出
追逐著
還在弄衣帶的女子們的背影
神秘的茶葉洋行
終於把不測的深度
開向稚氣好奇的眼睛

頓然，我們彷彿回到了清代的日子裏，當載著福建來的紅木荔枝家具、黑綢布、一些石板、一些古玩、和唐山的種種異品，從海外沿著淡水河到了大稻埕來換取臺灣的茶葉；彷彿聽見怡和洋行外面的碼頭的呼喝，貴德街男女老幼的前呼後擁。時光彷彿眞的可以倒轉似的，像記憶中深情的女子那樣鮮明的重現。

事實上，如果你那時曾經去過貴德街，你將可以和我一樣，慢慢的品味每一個設計獨特的門面，完全依照荷蘭的方式，你我競相爭異：透雕的花窗，深長的柱廊，是如此之多姿。至於建築風格，英式、法式、荷式滲著中國傳統商埠的形式。如果你尚有機緣，現在或還可以找到一、二家。譬如那有名的陳家，一直拒絕改建爲一百倍以上利潤的高樓，爲的是保存一種美的形式。如果那房子還在，你就從那凝重的大門偷望入去，看看那每一級樓梯上所鑲的鏡子，也可以窺出一些那時的生活情態。至於那裏面的法式漢味的家具，他們所擁有的全臺灣的第一具抽水馬桶……那類傳奇的事蹟，那些泅湧著晚清的聲音的古物，現在變得怎麼樣，我便無法測知了。說不定，你們讀到這篇散文的時候，一切已經物非了。君不見四維路那間林安泰古厝的命運嗎？

這些會說話的美的形式，在那時的臺北太多了。大龍峒、萬華、古亭……但不久，他們便只能靠文化村（如果還會建的話）來重新教育你們；因爲現在現代化的想法，不能容忍「親切」的窄街。他們要用四線道大街把親密社羣切開，加上了很多爲了交通安全而設的阻礙，使得我們「對街相望不相識」。現在現代化的想法，不能容忍建築形式的多樣化，所以把所有的曲折玄妙改爲幾何直線的建築，生怕這些姿式的門面會逗起人們卽興起舞的慾念。現代化是「美」的犧牲，是「用」的壟斷。我看，你我兩個傻子是挽不回來的了。就讓我們携手，進入時間的甬道，重溫一些美的形式吧。

（一九八二年四月）

爲友情繫舟

這些年來，在美國、在香港，一些在臺灣土生土長的朋友，常常驚異於我對臺灣鄉鎮縣城、對臺北市街的熟識，有一次，我和一位在臺灣讀小學、中學、大學、然後出國留學、教書的朋友聊起來，他知道的臺灣，除了學校和他住的社區之外，對整個活生生的臺灣竟如異鄉人。還要等我這個原是來自異鄉的人來一一爲他介紹，這種換位令我很驚訝。我一直都覺得，就算是從大陸遷來臺灣的，這些年了，都不應該有這種連根拔起那樣決絕的情感，更何況是從小就在這塊土地上長大的！

因此，我自己也時常想：是什麼力量把我這個在臺灣只受過大學教育和兩年研究所的過客牽引，刻刻喚我回歸，刻刻使我懷念這塊土地，刻刻要我追尋和發掘，刻刻使我覺得這才是我的故鄉呢？答案是：愛情與友情。由愛情牽到親情，當然是一股很大的力量；但愛情是屬於私有秘密的一章，今天還不是細訴的時候。今天，我想記些與詩友、文友、師長認識的往事。

我生長在廣東南海岸的一個小農村。農村的樸實與人際間默契式的親密，村外自由逍遙的山水都曾給我無比的快樂，但卻是短暫的；因爲，正如我在另一篇散文中所敍述的，我童年的記憶是溢滿著戰爭的碎片和飢餓中無從打發的漫長的白日和望不盡的中國南方的天藍。我曾目睹日本人對同胞纍纍的殘害。在我這個在死亡邊緣上掙扎的小小的心靈裏，無形中生了一個長久以來都解不開的鬱結，一個爲國家民族而憂傷不盡的鬱結。這個鬱結由憂傷慢慢地凝爲一種愛與信念：我的成長必須與國家民族再生的努力同進。現在想來，必然是這個由鬱結生出來的信愛，推動了我後來到臺灣來追尋我心中中國的形象。

在抗戰勝利與中共逼我們棄家渡海到香港之間，有過一段還稱得上「幸福」的童年，但太短太短了。在一夜之間，才十二歲的我便進入了成年，而到了香港，香港那日夕必須思索生活、日夕必須憂懼中國將來的命運與前途的地方，看著那黃色面孔白色思想的同胞專整被困在原屬於中國而又不是中國地方的同胞。這些對生活的思索、對民族的傷懷、對同胞受辱的無奈，促我慢慢的走上了文學創作的試步。

那時是十七歲左右吧。我在詩人崑南和王無邪（現以繪畫知名）的遥引下開始寫詩。像所有初學寫詩的人一樣，狂熱缺乏深度，但衝勁與嚴肅是十足的。我們也認眞的辦起詩刊來。「詩朶」只辦了三期便夭折了。

那時的香港，對臺灣的詩壇文壇不像現在那樣幾近亦步亦趨的緊密的了解。一是，五四以來的書籍仍然是香港讀者主要的讀物，我們讀了不少，抄了不少；二是，三、四十年代的作家如葉靈鳳，五十年代的詩人如貝娜苔和馬博良（馬朗）都在香港發表帶著不少大陸風的作品；而梁文星（郎吳興華）的詩也陸續由他的友人宋悌芬在「人人文學」上登出來，曾引起了不少的迴響，我便是直接受惠人之一。三是，臺灣的雜誌當時還很少到香港來，我記得當時看得最多的，是田湜的「野風」。紀弦辦的「現代詩」是斷斷續續的看到；「藍星」只知道名字；「創世紀」因爲在左營，幾乎完全沒有看到早期的本子。

我到臺灣來唸書，是在一九五五年，是帶著報國的心情來的，在志願欄裏，我當時也填上了軍校；不過，因爲當時對文學狂熱，第一志願是塡上了外文系。

初到臺灣，還不到二十歲。離鄉別井，難免感到寂寞。五十年代的臺灣雖然殘破，但是因人情味很重、生活樸實，整個感覺是很中國的地方，我馬上便有歸家的自在。此事我在另一篇散文「我那漸被遺忘的臺北」裏有詳細的敘述。歸家感歸屬感雖然有，但寂寞還是避免不了的。平日一個人花了大部分的時間埋首在文學書籍裏，在臺大外文系的獨立圖書館裏，啃了不少賽孟慈談論象徵派的文章。一方面又在英文詩刊裏陸陸續續追踪現代主義的作品；回到灰塵撲撲的宿舍裏，則讀在香港時手抄的五大本五四到四十年代的詩作；每晚在臨睡前在日記裏試驗種種詩式的創作，力求掙脫「詩朶」時代的忸怩作態與故作文雅的少年愁。

我是怎樣開始認識臺灣的詩友的呢？這個環鎖仍是由紀弦開始的。

一個中學的同學張偉勤，看見我寫詩，也躍躍欲試。偶然從我那裏看到「現代詩」，讀後喜之若狂，一下子寫了不少詩，跟著和紀弦通起信來，並在「現代詩」上用奎叜這個筆名發表了好幾首。他趁我來臺灣讀書，托我把煙絲帶給紀弦。我來臺北大概還不到一個星期，便拿著地圖摸到濟南路那堆矮房子的「大雜院」。紀弦一看到我便滔滔不絕的、口若懸河地，用他最熱情的說話的速度，開始向我宣講他的聖經「現代詩」。當時說了些什麼，我現在已記不清了，但約略與「現代詩」發刊辭上的話大同小異。我當時印象最深的，還是他抽煙斗的神態。事實上，他當場朗誦了他的「煙斗6、拐杖7」那首名詩。當時我是很不喜歡那首詩的，覺得它只是狂傲之詞。後來把耳朵訓練好，覺得紀弦把「聲音」掌握得維肖維妙。那首詩，和他許多其他的詩一樣，都是「聲音戲劇化」最好的表現，洋洋自灑、純眞。一如那天早上他劈頭的第一句話：「這是我的早餐：一杯濃茶，一個尖頭麵包，最快樂的享受。」語態與魯拜集的「一書一酒盡得風流」，不分上下。坦白說，紀弦的情況更感人。魯拜的作者是在愛食以外說閒逸，怨時間對生命的推移；紀弦在國家最克難的時刻裏，不憂不怨，使生命在藝術裏開花。紀弦是一個很「放」的人。見諸後來一連串的聚會和他不絕如縷的詩，見諸「現代詩」刋兼收並蓄的多樣性。紀弦，有許多我們可以學的東西；對詩，應該嚴格，但也可以輕鬆逸放。我想幾乎每一個讀者都曾因他的詩而放開心懷朗笑。紀弦確曾做到「越老越年輕」的可愛。記著，不可以把雲寫得太沈重。但也不是說紀弦只求無條件的「放」，他對文字也是苛求的，我在「現代詩」上曾用過我中學生時代的一個筆名藍菱發表了一首詩（請不要把這篇壞作品列入後來的藍菱的名下），他改了兩個字，改得我很服貼。

在紀弦那裏見到的第一個人是朱沈多。不要看他那沈實碩大的頭，他對朋友卻是輕快、勤快。舉凡坐車、喝茶、吃飯那類的場合，你會見到他手足舞蹈，快如風車，目的要你做一個最滿意的客人，他就是當了褲子也要做一個最週到的主人。事實上，我知道當時他是相當窮苦的。雖然我也很窮，靠著一個月三百元新臺幣的家教費來維持生活，但我也不可以讓他老掏腰包。我們常是你爭我搶。回到正題，他始終是一個熱愛詩歌的人，說熱愛是眞的「熱」，見書便啃；所以把我的孤本邢鵬舉譯的波特萊爾散文詩啃去了，我也沒有追回來。如果他啃了，消化了，再吐出新絲來，不也很好嗎？

見到朱沈多那一天也見到羅馬和鄭愁予。羅馬一如他後來說的「啞了的商禽」，那天很沈默。但一個矮矮的身體裏，彷彿載了很多的重量。沈默是沈默，但你會知道他正在默默的刻鏤一句詩；你可以感覺得出來，那眼睛後面絕對不是空白的。他偶然的一句話，就如句子中的圓點，把人家一個早上的話用兩個字全盤顯了出來。愁予，穿著一件皮夾克，雖然沒有騎電單車，卻覺得他牽帶著垂天的身影，穿行在眾神之間。船長，他確是一個船長的模樣。

但眞正和羅馬和愁予成爲以詩會意的朋友卻要遲些。沈多是很熱心的人，他帶著我那些還不怎樣成熟的詩，到處要介紹人認識。如此我便曾數度到和平西路的「野風」去看田湜。「野風」

上，我在香港時看得最多的是張拓蕪的詩，短、眞率、抒發自如。那時我曾很醉心。沒想到後來看到張拓蕪的時候，他已經不怎樣寫詩了。在田湜那裏，我記得我曾見到不少朋友。有兩次是和羅馬一同去的，其中一次我見到了葉泥，並聽他談論譯里爾克的情況。

沈多還帶我認識了謝靑。謝靑也是一個喜歡幫助人的朋友。好像才見面第二次吧，他便決定帶我到南京東路底空軍軍眷村裏（當時都是很矮的木頭房子，我記得摸黑中還經過田徑和水溝才到的）去看一位愛詩的將領，希望他支持我在香港重出已經夭折的「詩朶」。沒有什麼結果，但我心中是很感動的。當時愛詩的人竟是如此的誠、如此之多、如此的不計生活的垂危——如羅馬在大直當憲兵時，連坐公共汽車的車費都沒有。而他，竟寫出最深邃、最具個人風格的詩。難怪當我後來在美國翻譯和出版「中國現代詩」時，那幫我看譯文的 Donald Justice 完全不相信軍中會出這樣傑出的詩人（至少在美國不可能）。

當時臺灣的詩人已經很作興聚會，相當相當的熱鬧。但是什麼緣故，我沒有怎樣參加，我現在已經記不起來。但我很清徹的記得某一個下午，在南昌街附近的一間茶室裏，有一個追悼楊喚的會，先是紀弦激動流涕的致詞，繼而是一個女子（是林泠吧！）用很清脆而哀傷的聲調，朗讀「Y·H，你在那裏？」氣氛嚴肅而充滿愛與誠，我極爲感動。我來臺北，原是爲了建立自己的文學知識和培植我剛發芽的創作。這種誠、愛、與嚴肅，正好回應著我的信念，使它更堅實地茁長，會後愁予給了我很多鼓勵的話，說什麼希望我把海外的詩風帶來。其實，我認識的五四以來的詩，比愁予少得多了。譬如，愁予那時便可以把綠原（楊喚的源頭）最好的作品一字不漏的背出來。

不知道是不是因爲功課太忙碌，還是香港的詩友促我把時間和注意放在另一個空間和別的事情上（譬如那時我和無邪、崑南每星期都有很多的書信來往，談的都是文學創作與人生體驗的關係），我有一陣子完全沒有和任何人聯絡。大部分時間都花在個人的探索裏，每天在日記裏作種種詩的試寫和翻譯，包括用英文寫詩的試驗，一方面繼續和崑南、王無邪、李英豪商量在香港再出文學刊物，後來終於出版了「新思潮」和「好望角」兩種，而我在馬朗辦的「文藝新潮」上發表的詩和在「新思潮」上發表的「賦格」和論臺灣現代詩的文字，引起了在左營的瘂弦和張默的注意，他們和我聯絡上，就開始了我和瘂弦、張默、洛夫、商禽等十數人長久的切磋、創作和探索新的詩境。這是後話。

話分兩頭，在這突然回到自己的孤獨裏沈思和試作的時期裏，有幾個人給了我讀書、思索、試驗很大的推動。第一個要記的人是英年早逝的林光中。

我進臺大外文系一年級的時候，林光中是系裏的助教。在一個很偶然的機會裏，我和他聊起來。因爲他寫的學士論文是論福樓拜的（當時學士學位必須寫論文，我畢業那時也要，後來才改爲選修的），而我當時正在外文系裏啃後期象徵派的東西，和福樓拜在文字藝術的要求上是同路。我們一下子便成爲摯友。因爲他覺得這個一年級生「小廣東」居然對文學如此死心地去追求，便在系裏到處給我介紹他的同學（也都已經在系裏做事）。起先，我並不太爲他們接受，原因是林光中爲我吹過了頭。倒是有一件事使到他們改變態度。有兩個美國兵，大概從美國有名的大學畢業，來臺大看看，氣勢淩人，第一句話便說：你們有什麼文學的內容？一派來拆臺的樣子。我剛巧和林光中在一起，我手上剛巧又拿著一本艾略特和一本奧登，我因爲年少無知，又氣上心頭，便說，不敢說多，我們都在讀這些，隨手翻開「荒原」和「在戰時」「下午禱」說，正要翻成中文。他們一看，覺得有些來頭，客客氣氣的說了幾句得體的話便引退了。其實，我膽子好大。艾略特我那時是看過，但只是通過楊憲益的部分譯文和崑南譯的「空洞的人」；「荒原」還在初啃階段。如果來人果然是眞材實料的，眞的坐下來和我「印證」，我將不知如何是好。

這一役開了一道門，便是得趙麗蓮老師的賞識。這當然還是林光中替我吹出來的：說什麼我把兩個來拆臺的人打到落花流水，事實上他不知道我捏了多大一把冷汗。

趙麗蓮老師對林光中而言，可以說又師又母。林光中是祖母帶大的，一個人在臺灣很孤獨很寂寞，所以發憤讀書、力爭上游，頗得師長的稱許。趙老師照顧林光中猶如己出，包括林光中出國大小事的安排。

那時林光中幫趙老師辦「學生英語文摘」，所以也把我拉進去，做些註釋英文的工作。我有時也翻譯些詩，包括奧登的「在戰時」。在這裏必須一提的是當時一個在幕後幫過我的老師，那便是侯健先生。他把我註錯的，譯錯的都細心改了。對我這個大學二年級生，是極大的鼓舞。

趙老師眞是個最熱情的教育家，平日空中教學、文摘讀者來求教的，數字很大，來者不拒，無形中造就了不少的人才。但我想記的，是她那份令人開懷朗笑的童心。在我們的面前，最喜歡報告一些聽眾對她仰慕的趣事。她那時的年齡總在六十左右吧，但甜甜的聲音像個十六、七歲的女孩子。在空中教學發播出去，不知迷了多少男士。她收到了不少情書。她總是那樣天眞地敍述動人的誤會。要了解，當時還沒有電視。聞聲繪影，難怪他們著迷。我們說，妳爲什麼不在電臺上宣布妳的年齡？她笑一笑，便沈入她浪漫的少年時代裏去。

「你們可知道女孩子私下裏都談論什麼？」她忽然會轉到這個引人興趣的題目來。「你們眞不敢相信，在教室裏規規矩矩的女孩子私下裏會說些很不體面的話，譬如這隔壁女生宿舍洗澡間傳來的對話……」大家一時便傾耳去聽。當然也聽不到什麼，大家便會意一笑，濺起一室的陽光。

林光中在美國自殺的消息，很傷趙老師的心。他曾經在我通訊認識的朋友法國文學專家 Wallace Fowlie 家中寫給我一封二、三十頁的信，對新境界新學問的行將展開表示無限的歡快，怎知道，這個「浮士德式」學者，爲要求達到他一時無法達到的境界而躍入死亡之中，我除了惋惜和懷念，也做不出其他更好的表示了。

在五十年代的臺大外文系裏，對試步創作的年輕人而言，影響力最深遠的莫過於夏濟安老師和他所辦的「文學雜誌」。我同班的叢甦、金黛熹（恆杰），高我數班的朱乃長，低我一班的劉紹銘，低我兩班的「現代文學」的主將（白先勇、王文興、歐陽子、陳若曦、李歐梵、戴天、林耀福、陳次雲、郭松芬等十數人），無不受過他的啓發而努力開拓文字藝術、批評精神的領域。

說夏濟安是個好老師是不够的。他當時教我們「英國文學史」，他馳騁縱橫於西方文學的空間，令人神往；但因略帶口吃，聽來有時也頗吃力。但他教的小說是小班，他每頁都挑出「用字問題」，一步一步帶我們品嚐「風格」形成的過程，對一個創作者而言，最爲有用。他是亨利·詹姆士所宣揚的「小說藝術」和福樓拜所推崇的「字字準確」的信徒。他在「學生英語文摘」上的名著選讀分析，往往在用字上提供幾種不同的寫法，並說明每種寫法所代表的語態與風格。細讀的人會得到很多的啓示。事實上，夏老師後來到美國寫的英文文章，是美國人都嘆爲觀止的。他對文字準確性的認識和寫作風格與方法的確立，後來通過「文學雜誌」來推廣，不遺餘力，影響至距。其中兩篇文章：「兩首壞詩」和「一則故事、兩種寫法」最炙人口。

但我個人得益最多的還不是在教室內，而是在溫州街他那書堆積如山到沒有坐立地步而不到十方尺的斗室。他對我們這些求知慾強的學生眞是另眼相看，來者不拒，與我們聊，不停地把他收到的新書（包括當時美國正在盛行的 The Well-Wrought Urn ——新批評代表作品）一一的從桌上桌下床上床下翻出來給我們看。最使我個人感激的，是他幾乎無限量的鼓勵。我原是臺下一個寂寂無聞的學生，但是爲了我的一篇投到「文學雜誌」的翻譯——是奧登的幾首詩——他把我找到，說，他很高興我有意把現代重要的詩人介紹給臺灣的讀者，很想和我談。那幾首詩，爲了某些編輯上的衝突，沒有登出來；但我們每隔一、二星期見一次面作私塾式的聊天便由此開始，我從那些聊天裏積聚了很多寶貴的東西。我這個經驗，我的同學、「現代文學」的同仁都有過，都是我們最懷念的階段之一。

由聆聽到參考，我在「文學雜誌」中後期由於偶而也做些譯介的工作，在夏老師的斗室裏認識了朱乃長。朱乃長是當時最勤、最好、最細心的譯者。先後譯了無數「現代文學」主要思想和評論的文字，凡二、三十篇之多，分別登在「文學雜誌」和後來的「現代文學」上，其影響的幅度，直達軍中的作家。

有很長的一段時間，尤其是夏老師出國以後，我們常在溫州街另一個宿舍裏切磋。他比我高數班、英文又好，對我英文上的困難有突破性的幫助。他的離臺他去，一直是臺灣文壇上的損失。另一個對我啟發最大的老師，是吳鴻藻（吳魯芹）先生。我現在執筆的時候，他已不幸仙逝。我曾在追悼文裏這樣寫：

雖然在臺大的教室裏，我只有一個學期聆聽教誨的機會；在這半年裏，雖然只講了六位西洋文學批評家的理論。但那短短的半年的教誨，就够我一生汲取不盡。我說的已經不是量的文學知識的問題。這些，我們可以在書本裏蒐集；而是中西精緻文化融匯在個人文學人格裏所發散出來的氣質與風範。一席話，我便被從根從質地受到潛移默化，我不知不覺地推動自己去追求體現這樣一個文學的人格。我知道我離開那理想還很遠，但這個追尋曾經給了我無限的慰安，在困難時曾經給了我強烈的持護的力量。

除了這種薰陶之外，吳老師對學生生活和創作都非常關懷。譬如，在他去美國之前，便曾推動美新處出版了幾本英譯現代中國作家作品的雜誌與單行本，包括 New Chinese Writing, New Voices 等。又譬如，在生活方面，我在師範大學英語研究所畢業後回到香港教中學，受盡殖民地的不平等的待遇，中途跑回臺灣來，想找工作，老師和師母便到處幫我張羅，希望我可以定居下來，希望我有一個可以安心創作的環境。

還有一位在我追索表現方法過程中給我打過一針強心劑的老師，那便是文壇裏不怎麼被人提起的蘇維熊先生。蘇氏是日據時期重要的詩人。我得他的鼓勵還在我認識夏老師、吳老師之前。

我到臺灣的第一、二年，花了不少時間在日記裏寫詩，試驗種種形式，種種角度和題材的寫法。有一天，有一首詩怎樣寫來寫去都不怎麼有詩味。作爲一種試驗，我把它寫成英文，奇怪，一下子就出來了。這裏含有許多語言差異與表現性能及其各自文化美學根源的問題，都是後來我要探討的。但在那個時候，我才大二，還不會思索這些問題。我寫好交給林光中看，林光中一向偏愛我的作品，也沒有問我，便把它交給蘇老師看（那時我還未選蘇老師的英詩課。）蘇老師一心鼓勵後進，先是召見我，繼而慫恿我投稿。我現在忘記了是誰告訴我印度有一本行將出版的新雜誌 The Vak Review，我寄去了，登了出來。作品現在看來是平平，但對一個大二的初學者來說，當然是很大的推動力。這與我後來繼續用英文試寫和最後把中國現代詩譯成英文出版，都有很大的關係。蘇老師辭世的時候，我在外國，之前，也還沒有什麼英文出版的成績給他看，讓他知道我沒有忘記他對我的勉勵。

在臺大，在五十年代末和六十年代初，白先勇、王文興、歐陽子、陳若曦、戴天等同班同學十數位才子才女的同時出現是近乎神話般的奇蹟。要一班裏個個能思能寫，而且同心合力，一志成城的情況，五四以來都似乎沒有見過。他們的成就，已經不必由我來一一說明。「現代文學」當時的出現，聚合了許多豪傑，如高他們一班的劉紹銘，低他們一班的王禎和、潛石；和我同班的叢甦，高他們數班的水晶；其他重要的作家如余光中、陳映眞、黃春明、何欣、姚一葦……。我自己也幫了些忙，包括寫詩、譯詩和介紹的工作。此事我已有「我與現代文學」一文記載。

總的來說，五十年代、六十年代所呈現的，不管在師長在同仁，都是對文學藝術性有執著的眞誠，對開拓新境有近乎瘋狂的傻勁與純摯，飯可以不吃（那時我中午只够錢吃一碗赤肉麵），藝術不可停駐不前。

但軍中作家們，在這點上，尤有過之。當時在左營的瘂弦、洛夫、張默，在不大能閱讀原文的、或缺乏原文書的困難情形下，通過舊書報蒐羅來的譯文，猛讀世界現代名詩名著和新思潮新哲學；在大直連坐公共汽車都沒有錢的商禽(羅馬)，在斗室裏用字典學會了法文，猛啃超現實主義者修伯維爾和雅各的詩；在左營的司馬中原，在屋漏餓肚的情況下，寫他的加拉猛之墓……。

我剛來臺灣的時候，心中仍記掛著香港的文壇。事實上，也繼續協助推出了「新思潮」和「好望角」，也參與了馬朗的「文藝新潮」的活動。但我更覺得我應該是中國臺灣文學的一部分。所以當瘂弦和張默看了我在「新思潮」上發表的「賦格」和「論現階段中國的現代詩」的論文而給我寫信的時候，我竟無保留地把整個人投入大家的文化事業裏。我還記得，瘂弦和洛夫聯袂北上，在臺北和我相見的時候，我們談到深夜而不散，翌晨繼續去看臺北其他的詩友，如羊令野、周夢蝶、彭邦楨、于還素……。臺灣在那時已宣布正式成爲我文學的故鄉。

至於由於當時詩人與言曦的筆戰而認識了余光中、黃用與白萩；在夢蝶書攤上初識猶甚瘦削的葉珊；與一大堆詩友（包括楚戈、王渝、一夫、羅英、商禽、愁予、夢蝶、洛夫、瘂弦、辛鬱、紀弦……）在八里鄉一個戲臺上秉燭夜談詩藝（如紀弦、商禽分別即席寫詩）、早晨擁海高歌的暢遊；或在雨聲爲九朵同時開放的曇花而題字、賦詩的盛況；或聽覃子豪談他的「瓶之存在」、聽羅門不顧蓉子在側微笑而大吹他的管家貝多芬；以及世旭由韓來加入現代中國詩創作的隊伍；另外與現代畫家互照互識的相談……都是我對臺灣這個地方寄情日深的緣由，在此我不打算一一作記。

（一九八三年十一月九日）

我與「現代文學」

很多朋友常常對我說：你和白先勇、王文興一班同學辦的「現代文學」成績眞可觀，說完便一併把光彩洒在我身上。事實上，功勞應該全歸白先勇的十數位同學，在開始的時候，我只是從旁協助的朋友而已。

我高先勇他們兩班，但說起來也眞有緣，他們的同學中，核心的和外圍的和我全都變得很熟，有些甚至來往極爲密切，接觸的機會和時間，共同參與的事情，比我本班的同學還多；譬如和我同班的叢甦、金恒杰、薛柏谷、陳錦芳等就沒有我和文興、先勇、歐梵見面論文的時間多，雖然恒杰和我、叢甦和我，在文學的關懷上始終還是通著消息的。

所謂核心和外圍，只是一種表面的分法。核心也者，指每一、二期都熱烈的發表小說或詩或參與重要現代作家的專譯的幾位，如白先勇、王文興、歐陽子、陳秀美、戴天、林耀福、李歐梵、陳次雲、郭松芬等；外圍也者，實在是背後出力（也參加翻譯）的無名（或應該說隱名）的英雄，如謝道娥、張先緒、王愈靜、楊美惠、方蔚華等（現在只提他們同班的同學，高他們一班的劉紹銘，低他們兩班的王禎和、潛石，高我數班的水晶，其他先後大力支持的重要作家批評家戲劇家如余光中、陳映眞、黃春明、何欣、姚一葦……這裏都不能一一列舉）。我說我與先勇一班有緣，就連有些女同學的先生——也是「現代文學」精神的支持者——都變成我的好友，無怪乎人家把我看成他們的同班同學。事實上，在感覺上，在創作活動上，幾乎和同班同學沒有兩樣。前兩天歐梵來看我時也說，我要靜下來想一想才知道你原來不是我同班的同學，可見我們之間在相同的關心上合作的無間。

所以這次我經過臺北，由於這邊工作的關係，而沒有留下來參加二十週年紀念，心中是很過意不去的，先勇難免有點氣。當年共襄推出「現代文學」的日子，在先勇沛然飛舞的帶動下，不顧一切，齊心合力，不計成敗，勇往直前，求新求變的時光如今已無法再現，自從第二次由雜誌兼出版社（我們做了短期的顧問）的合作夭折後，大家又因時空的分隔，已無法找回那種近乎瘋狂的傻勁與眞純。但在萬難中，「現代文學」竟出了二十年，看見她產生了如此重要的小說家和戴天那樣獨樹一幟的詩人，自然是喜不自禁的。

「現代文學」的成功是兩方面的，其一是合力同體地推出的現代文學大師的譯介，打開了表達技巧的新領域，對新進作家提供了新的可能性。其二是創作，尤其是小說的創作。像白先勇，浩氣運行，言飛語舞地捕捉波瀾壯濶的人世變幻；像文興，字字推敲磨鍊以興建風格；像歐陽子，雖說是「思想前進，行動保守」（她自己的名言），卻在小說裏衝破傳統婦女道德的形象來探討更赤裸更眞實的情感；像秀美，狂濤似的重重打擊破碎現實下的制度；像王禎和，用文字藝術把邊緣人物提昇至令人全面同情的崇高的人性；像陳映眞，用神秘的旋律追索生存的意義；像黃春明，本著鄉土特有的良知與默契（他實在生長的環境，與城市人「領養了」鄉土情感而不知鄉土之實是不同的），用最適切的藝術語言呈示被文化人摒棄的人物的偉大個性……如此誠摯地開拓小說藝術的視野。

在那段波起潮擊的日子裏，我和文興等人的切磋是相當繁密的，雖然我那時也忙於在香港推出「新思潮」「好望角」，也忙於和瘂弦、洛夫、商禽等人試探現代詩新的表達形式。我們關心的畢竟是同一的問題，都是要求建立語言的藝術來補救當時「只知故事不知其他」的小說創作。我不妨附帶說，當時偏重藝術性，是針對當時歷史上的需要而發的，而非完全的追求藝術至上主義，當時確是如此。卽就後來必需批評現代主義（基於另一種歷史上的需要）的好友陳映眞，在當時的成就也是語言藝術先於社會意識的。這並不是說社會意識不重要，事實上，我還沒有看到一個完全脫離社會意識而可以立足的作家，就連做夢過日子的瓊瑤，（不幸的）也都反映了我們社會裏很多不成熟的甚至變態的青年的心態。

說先勇、文興等人仿效杜甫「語不驚人死不休」是言過其實，但他們用心於文字有時卻幾乎接近瘋狂的邊緣。王文興就是一個刻心鏤骨地磨鍊文字的小說家，還記得他住在同安街的時候，每次捱了幾個失眠夜，寫完了一篇短篇，便立刻騎腳踏車到忠孝路（那時只是一條小路）來找我，爲了一些字句，我們談到深夜。文興是很細心的讀者作者，咀嚼再三，朗讀再三始定稿。我記得有一次爲了我譯的聖・約翰・濮斯的一句詩：「海在大地的搖椅上開花」，他興奮到乘夜寫信來說，寫作就是要想像大膽而準確。他自己就是那樣苛求自己。近十年來，他每天只寫三百字，字字錘鍊，而贏得辜律瑞己 best words in the best order 的美譽。

但另一方面，「現代文學」追求一種全面的開放性，要容納、嘗試一切新的創意，開拓新的技巧和旋律，這是最可貴的精神。在這種開放的、容納新境的情緒下，我寫下了生平唯一的一篇短篇小說「優里栖斯在臺北」，我當時寫，實在不敢奢望其被大家接納的，我在試著新的寫法，沒想到竟然得到歐梵和秀美的慧眼，把我看作一顆小說的新星！我怎可能是！更令我意外的是，登出來以後，竟有人模倣。我說這件事，與我那篇小說的好壞無關，事實上，那篇東西文字很不成熟。我只想證明一點。當時的「現代文學」確是非常開放的，什麼表達的可能性都願試試，其次，「現代文學」的同仁，是很鼓勵創製新聲的，對新的作家有極大的推動力。在此舉一例，當時在師大留學的韓國學生許世旭，他的第一首中文詩便是在現代文學上發表的，後來世旭變成中文的作家，可以說是受了這次出版的鼓勵；再其次，當時的讀者心中也開放（也許是前期的空蕪的關係），對新知新技巧有無限的迷惑。

要鯨吞一切新的表現以求推陳出新，所以「現代文學」每一期必譯介一位現代文學的大師（我自己便曾負責過兩期以上的工作），除此，我們還要吸收其他藝術的表現，譬如新潮的電影。

李歐梵對新電影知道最多，音樂的鑑賞力也最高強，在我出國前時時聽他細論。記得有一次，他和我夫婦在臺北戲院看「廣島之戀」，我們興沖沖，歐梵把該電影的評鑑一一向我們推薦。但電影才放了二十分鐘，戲院裏的觀眾已去三分之二，看完全片的，幾乎只剩我們三人！眞令人氣絕！但當時的文化氣氛就是如此的缺乏創意，缺乏藝術意識，就是因爲這樣「現代文學」才產生的。

我和「現代文學」合作無間，與先勇同班同學打成一片，恐怕也是歷史的機緣。我自香港來臺北，帶著三、四十年代詩人們給我的「現代」意識和手法，帶著我在學習中的後期象徵主義的手法和其他的前衞運動，帶著二者對藝術性刻心鏤骨的凝鍊，帶著中國古典詩在我藝術意識中的呼喊，進入了一段創作上只求內容而不求寫作技巧的貧乏時代。在這空谷中，夏濟安師在「文學雜誌」裏很技巧地推出了福樓拜的「風格絕對論」和詹姆斯的小說藝術。「現代文學」的同仁大部分都曾受益於濟安師，當時繼起興辦的「現代文學」正好呼應著我內心的渴求：向「藝術營養不良症」進軍。我和「現代文學」一呼萬應地合作無間，這當然是重要原因之一。

時間無情的破毀

莎士比亞對時間的感歎最多，其中「商籟六十四」最令人神傷：

當我看到時間殘酷的手
把古逸年代的榮華毀容；
當我看見崇高的塔樓被夷平
永久的銅鑄向肉身敗裂屈從；
當我看見飢餓洶洶的海洋
向海岸的王國作無情的侵溢，
或硬化的土蠶食無涯的大水
用「失」來增加「得」用「得」來增加「失」；
當我看見環境如此的換位
好境自身因破毀而敗壞。

遺跡由是教我去細思：
時間會來，會來橫刀奪愛。
這個思想像死亡，沒有選擇，
只有爲怕「將失」而對「已有」哭泣。

我現在站著的地方，不是古代的鎬京，不是洛陽的伊闕，不是希臘的萬神殿，不是湮沒無痕的特洛城，不是曾經橫跨萬國成吉斯汗的行跡，不是舳艫千里的赤壁……那些令人作萬年追思驚而復嘆的宏大古跡。我現在站著的地方，和這些雄渾的事物相比，是大壁畫裏可有可無的一筆。我現在站的地方，建築平凡，不見經傳；但我同樣感到不禁的神傷，感到一種無可奈何的澎湃。

其實，浪淘沙，何止於千古風流人物！何止於金碧輝煌的宮殿！時間無聲，但在比時間更急躁的人們鞭打之下，多少不爲人注意、或人們覺得不屑一看、但卻是深邃而悠久的平凡事物，匆匆地改容變體到了無痕跡。因爲不是詩人、歷史家所崇拜的千古風流人物，因爲不是皇室權貴和藝術家寄以聲威的金碧宮殿，因爲是平凡的事物，去了，就像每日在街上出殯的行列，有誰會在街頭作深情的凝視，作熱切的書寫，把它納入典籍，讓人憶懷思念呢？去了，像每天撕下的日曆，隨著每日傾倒的廢物，被埋葬，被燒毀，無人注意，沒有嘆息。彷彿有一個洪亮的權威的聲音在冷冷的說：「應去的便去、無足惜。」由是一切便任由時間無聲的浪潮吞滅。

是的，萬物萬變，不是恒常的律動嗎？你說：剿竹的城，當然要讓位給土城；土城當然要讓位給石城與磚城。這個道理不是很顯淺嗎？「應去的便去、無足惜。」

由是，文化的氣氛、藝術的情調、溫馨親切淳厚的民風便在時間的同謀一揮棒一號令之下橫掃清光。進步是誰都不能阻止的！那洪亮權威的聲音冷冷逼人的說。

但我還記得，由臺南到臺北，每個城市那時都具有它們各自的特色。有些以鞋街顯著，有些以布街突出，有些以花市享譽，有些以磨米成名；有些因古厝而招引萬眾，有些以名廟而鎭視千城。譬如站在臺南鞋街的陷門下，看著「春暖鞋街」四個字，是何等溫暖、何等熱鬧的感覺！一條街，在春天，耕作過後，新葉初放，春寒讓暖，或扶老攜幼、或情侶比肩共遊；在希望爆放、嬉笑浪開的聲中，逐看一列列的鞋子，像在水邊看芍藥、水仙那樣編織著快樂與幸福……。

又譬如登臺南獨立殘破的大南門，看爭紅射豔鳳凰木中的赤嵌，遙思「夢蝶園」中攜妓在半月池裏「衣輕綃，持畫槳競渡……水花一濺，脂肉畢呈」的風流太守，然後北望「文教前鋒地」──「全臺首學」、禮樂化雨的孔廟：「文武官員軍民人等至此下馬」，莊穆裏一片邃古的沈雄。

或在元宵日，隨著五十萬的進香客到北港看碧瓦彩陶鬥麗的上千盞的目不暇給的花燈。

再北行，也許你還記得那曾是「官軍錦艦飛如鳥，估客銀帆織似林」的鹿港，走在狹窄彎曲的街道，走在兩側屋角屋瓦相接的不見天街，你可以目眩，因爲那古意盎然的雕花與顏彩，彷彿突然，從古老的寧靜中，一陣湧復不絕古代經商的鬧聲，把整條街一下子搖動起來……。

就這樣，一城有一城的風光，一鎮有一鎮不同的文化氣味、藝術情調、歷史廻響，直奔臺北的艋舺、大龍峒與大稻埕。可是，那冷冷逼人的聲音說：「應去的便去……進步是誰都不能阻止的！」由是，一夜之間，臺南到臺北，相同的方形的建築，如野草一樣蔓生著，代替陶瓦和彩色，俗麗不堪的大形洗澡房便燦爛在陽光下——啊，據說是爲了「實用」，據說是爲了「方便」。文化與藝術的城在那裏呢，只有讓我們幾個不切實際的朋友到蔓草中去找吧。

是爲了這一個把文化與藝術屈從於「劃一」與「爭似」的變動，今天，當我站在一條卑微的舊街前，而感到不禁的神傷、感到一種無可奈何的澎湃。

我現在站的地方，曾是民眾雲集、現賣現吃小攤子聚落的廟口；在五月十三，那黑無常白無常搖搖擺擺引得四方扶老携幼來看熱鬧的羣眾，把喜悅的目光點亮了全街；即在平時，小巷溫馨，因爲那些都是老店，都是親鄰，百年的親鄰；店店相視，彷如相好了數十年的老朋友，這裏由於街道狹窄，大家步調緩慢，逛起來，事物都是那麼貼近，那麼可以觸及。而轉進的市場，那裏自然熟絡的果販、魚販、菜販，十年如一日的和你招呼著。那裏全臺北最出名的肉丸、鹽稀飯香噴噴的挑引著我們。或者，在中午，當附近的車輛震耳欲聾的把人們趕到神經錯亂的邊緣。在市場的中央，一些赤膊的工人在攤位上如此安祥的打著呼……。

但我現在站著的地方，在一些破瓦斷牆旁，一眼看過去，只有一片高低不平的空地，和孤零零，如冬天黑枝上單掛著的一片葉子似的城隍廟和兩三間小店。那曾是「親密社羣」的縮影的市場，現在已經一去不復返了。像其他城市中的文化事物那樣，在那冷冷逼人：「應去的便去、無足惜」的聲中，在人們的不覺察裏改容變體到了無痕跡。時間原是無情的。這，我們知道，只是，我們也許不應該做它的幫凶，也許我們在變化中還可以保存一點點文化的原質？

（一九八二年八月所見）

第二輯　鄉情的追逐

海線山線

一

尤其是夏天，奇山異水便熱烈地向我召喚，要求我把九十多天的日子獻給他們，這確是一種不尋常的情感。夏天一來，我便有遠遊的欲望，我總是感到一種焦躁和不安，一直等到我把行囊理好，才把罪惡感卸下，我上了路，才覺得可以履行我和山水的秘密的約定。我沒有讓他們空等待。這確是一種不尋常的情感。

妻說，夏天是那樣的酷熱，走入那烈日當頭的山峽裏，說不定會中暑呢！妻雖然如此說著，但她也是愛上了奇山異水的人，她體質比我還弱，而且怕上下高山會毀壞她的耳鼓。譬如有一年春天，我們經過漫山桃李的埔里上霧社入廬山看櫻花，

在那窄窄的吊橋上

像試步的麋鹿
搖搖欲墜的
便是那微微顫紅的花瓣嗎？

妻從來沒有如此天眞朗笑過，她長年的頭痛已經被花香薰走了，我們坐在逆旅的食堂，吃著新採的細筍，

霧，薄薄的
給山
披上紗衣
清淡的筍湯
爲我們
逐走
一日的塵累

妻把手伸過來，緊緊的把我的手一握，使我再一次有了新婚蜜月臉上一紅的感覺，雖然我們都已

過了兩次的七年了。深山和冷泉迭次給了我們新的力量。

那次從廬山下來，也許是車行過急，也許是山路突降太大，妻的耳鼓被氣壓逼破了，那眞是痛徹心肝的。這次的傷患至今未癒，她從此便得了耳鳴症。妻一面埋怨著天氣，一面卻已把行囊整理得井井有條，她，竟然比我還急於出遊，

靜坐入定的山
他微微的顫抖
他細細的吟唱
你可曾聽見？

你必須要像一個好奇的孩子，把耳朵傾向地面，聽萬里外的泉湧，或把耳朵順風而張，把呼息停住，聽山巒互喝的亢奮。

我們的車子離開機器切入人聲的臺北市，正好迎上午後滂沱的驟雨，從林口回頭一看，那厚厚的塵靄竟然把大雨抵住，不讓它沖洗乾淨。我們一心向前，便讓機器、人、和雨錯雜的製造它們的音樂去。前面

雨霧裏
山影
緩緩的
一層一層的
被剪出
竟是如此的輕！
竟是如此的薄！

風雨中的田野別是一番風味，但你得要捨正道而從小徑，在曲曲折折的迂迴裏，才可以有景色突變的喜悅，稻田以外還是稻田，但在雨中，每一個金黃的波動都是淋漓欲滴的美麗，在雨中，所有的活動都是連綿疊現的，而好像是分層的珠簾，一進又一進的，引向無窮，遂想起了詩人林亨泰的小詩：

防風林　的
外邊　還有

防風林　的
外邊　還有
防風林　的
外邊　還有
然而海　以及波的羅列
然而海　以及波的羅列

臺灣西海岸的田景，這首詩在雨中誦讀必更其眞切。臺灣的綠色很特別。濃是眞濃，淺則奇淺，由於草木繁盛，在異國被視爲奇花異草的，我們的溪邊卻滿滿的蔓生著，如此之多，如此之生動。妻在羡賞著各式各樣的羊齒植物和聞著雨煙裏蒸騰起來的羌花的香味，我卻在新洗的樹木間分辨綠色的種類，要是蒙那（Monet）在此，眞夠他畫的。如此玩味著想著的時候，一所泥磚農舍的門口，站著一個黑衣的農婦，打著傘，向大路前面眺望著

迷濛裏
一個斗笠
隨著牛步

一起一伏的
歸來

風流不必問
盡在畫圖中

‡

滂沱！
好深沉的靜止！

一隻白鷺
劃過綠色的雨
無聲地
停在
一隻水牛的身上
任雨水

由牠的嘴尖滴下

滴　滴　滴

滴在那麼溫馴的牛背上……

「據說，這裏有一所名刹，讓我們追尋去！」妻如此建議著。名刹我們是要去看的，但若要得「幽」與「寂」，恐怕還沒有小村裏剎落的小廟好。記得有一年我們到日本京都去看那出名「空」與「寂」的石庭，待我們進去，石庭旁邊竟坐滿了觀光客，全是人聲，全是照相機的「卡得」聲，有何「空」「寂」可言。我們終於隨著樹頂上的一縷炊煙而進入了一座不知名的小村，很快便把一座小廟找到，這小廟就是典型的小廟的樣子，不華麗，不具珠光寶氣的色澤，連香火也不繁盛，但裏面供得一尊自然化石的觀音，乾淨俐落，旁邊竟是龍蛇舞動的草書，廟中空無一人，牆角裏只有一隻垂頭滴著水的公鷄，一會兒抖一抖牠的冠，把水點洒在塵埃上。我們會心的微笑，把足提起，輕輕的走出廟門，生怕驚動了牠和入定了不知多少年的觀音。

但縈繞在我們腦際的是那豪邁的草書，我和妻說，如果我們能把全臺灣的廟宇裏的書法拓印下來，給那些寂寂無聞的書法大家留下一些記錄，不知有多好。而我們啊，我們已經被「鋼筆化」，被「原子筆化」了，多看些或許可以悟出一點精神來，我們原是一個逸與遄飛的民族！

說著說著，雨停了，我們已經來到湖口，湖口那條古老的街道，

一個斷了弦的琵琶
橫在
空中
讓風的手指去挑彈
讓風的手指在肚裏敲響

那坐在樓頭的女子
把頭髮一梳
便梳到
光緒皇帝的面前
那頭髮太長了
我們怎麼樣追也追不過去
也只好呆在那裏仰天看
看一隻斷了線的風箏

今年已如此，明年又將如何呢？明年，明年或許琵琶沒有了，梳頭的女子也沒有了，風箏被埋葬了。

一聲雷響，雲湧風起雨斜，才下午三點，已是沉黑黑的天色，我們決定駛入風城去，

朋友，很對不起
我們實在無意
把過早的黃昏
潑瀉在你們的身上

我們披著過早的黃昏，撥著微黃的雨，從露攤間的窄門攝身而入，城隍廟的內裏燈火頓然明亮，騰騰的熟食攤的炊煙和香味，直叫人五臟翻旋。誰不知道新竹市的炒米粉！誰沒有聽過新竹市的貢丸！

「老板，炒米粉兩人份！貢丸湯兩碗！」

我們便溶入那算不清歷史的鬧哄哄的羣眾裏，我們何曾不是清明上河圖的一部分？他們又何曾不是我們？

（一九七七年七月廿一日）

二

早晨的陽光扣著樹葉上隔夜的雨水，晶瑩的散落，樹葉微微顫動，彷彿我們可以看見風的足尖輕輕的踏跳。從竹東轉入北埔，穿過雨水洗淨的破落的磚屋，我們便進入那彎彎曲曲，密竹夾道的無人的小公路，向珊珠湖行進。雨後的樹，在折射的晶光之下，我心中浮起的竟是杜甫的詩句：「香霧雲鬟濕。」杜甫在外思念妻子浴後的嬌姿，那一份洗鍊過的濃情蜜意，對這垂條上的光珠欲滴，也眞有八分的貼切。

—

不要去聽
那煙聲
拂著
葉簌簌
何妨
任宿雨
濕妳我的
初醒

2

爲送
那獨篙的竹筏
到對岸
晨光
把小河
自沉默中
浮起

爲讓竹筏
輕輕流入
妳我
相溶後的凝視
水烟便
向我們的左右
散開

3

水綠透明
幽江魚跳
或野花瀉露
或異禽嚶嚶
寂寂寂啊
無人知曉

4

忽然把河面
一波一波的
此起彼落的
顫響
好一片
活潑潑的蟬聲

沿著這段彎彎曲曲的公路的小河叫什麼名字，它流自那一個高山，我不知道，也不著意去查問。

這條小河完全具有歌曲裏詩文裏的樣子，原始，自然，未被干擾。對岸是嫩竹叢穿插的山巒，層疊延綿，數里入雲峯。河邊樹叢裏偶然出現幾間農舍，穩穩的坐著，彷彿有一、二千年了，就是永久地那樣拙樸堅忍，

奮發的夏木裏
苔綠的瓦塊間
腐蝕的木門上
夢
是暴風雨
醒
是暴風雨

不著一點呼喊的痕跡，如那必曾變幻千次的小河，此時汎滿著水，如此的安靜祥和，就連昨夜的雨啊，都似未曾發生。

這條小河的環境眞是寂靜得出奇，如果沒有了偶然出現的兩條狹長古舊的吊橋，我們一時會覺得，我們是在遠離人跡的偏地裏。吊橋把我們親切地和那從未謀面的一些天之子民連在一起。

我們無言的走在吊橋上，依著吊橋前後的晃動，聽著木板戛戛然發著聲音。

那日日走在這橋上的
可就是
那除卻一切欲望的
赤裸裸的生活？

如此沉思著的時候，緊握著纜索的妻忽然向前一指，水霧裏，兩個人影站在一大排綑好的，新割的竹子向下游流去。我沒有說話，向著妻回笑，目送他們逐水而去，青溪幾曲入雲林？我不去唸那「遙看一處攢雲樹，近入千家散花竹」的詩句，因爲我站著的地方和他們站著的竹排同是生活的行跡，即使現在是春天，即使現在桃花夾岸，我應該去想像一個桃花源嗎？

同一條河流啊
載多少不同的夢
載多少不同的愁

我實在沒有理由讓妻去負擔這些沉重的思想，在這晶光燦照的夏晨。我便問她：「妳記得我們一同走過的第一條吊橋嗎？」她點頭一笑，嬌羞竟似少女時。那條吊橋在嘉義某一個深山裏，我只記得爲了一些什麼事情，我們坐著顚簸的破公共汽車，來到橋口便無法行進，我們必須從吊橋走過去，那吊橋架在深谷上，那深谷在我的記憶中何止千仭！而那吊橋啊，卻是那麼簡陋，它不但前後作波浪的搖動，也作左右的傾斜，窄窄的板與纜索之間是很大的缺口，走在上面便無法扶著纜索，必須像走索人那樣平衡著身體。妻更是兩步一驚叫，我記憶中好像沒有走完那條吊橋便退下來了，而當地的小孩子，卻如走平地，快步如飛的來往著，在那時還是情人的妻的面前，我眞慚愧。我敍述著的時候，妻趁勢刺我一句，「你眞沒用！」倒沒有眞的笑我的意思，一股記憶中的甜蜜在我們現在站著的另一條吊橋上把我們包裹著，在我們過去携手同行的日子裏，我們多少歡愉是在吊橋上！在我們將來携手同行的日子裏，我們還要漫過許許多多的吊橋，我半笑的向妻用臺語說：「牽手，我們去看湖去！」

珊珠湖現在是一個地名，是不是專指某一個湖，我亦不甚了了。但這條河的南端，一展如湖，從公路上向下看，簡直是一個小小的日月潭，平鏡上也有一個沒有人工處理的小島，我甚至要說這比其他的名潭還美，美在它的無人接觸過的原始，沒有色彩俗氣的廟宇，沒有環湖而設的遊樂站，沒有汽油味很重的遊船，沒有……就是這個「沒有」的空靈，就是這個淡掃蛾眉吧，才使東坡先生把湖山比作女子的眉目。我們天生不是絕對的現實主義者，都不會在女子的眉目中找眞山眞湖，如果一個女子的眼睛是眞山眞湖，譬如某些超現實畫家的畫法，那女子不知有多難看，東坡把眉目比作湖山，是比兩者各具的超乎形像的嫵媚，是眉目的動人處輝映湖山的秀麗。這好比我們說冰肌玉骨，我們是說撫觸的美好感覺，當然不是眞冰眞玉也。

詩人愛用自然景物來推展女子的美和女子種種的情態，飛卿的「鬢雲欲度香腮雪」，何止是鬢似雲和腮似雪，因著雲的出現而給與鬢流動的生意，因著雲「度」的活動而挑起我們的欲撫觸香腮的雪白色和雪涼感。自然景物與女貌互相發明而托出這一瞬的視覺嗅覺觸覺和支持著這些的喜歡。自然的活動——有一個詩人說——是兩性運交的活動，這恐怕是巫山雲雨的剖白的說明而已。詩人藉著自然的一些現象而提供我們情意中甜蜜而不便直說的感覺，故有「露滴牡丹開」之句。譬如河的這個灣吧，如此動人的曲線，如此豐滿的流動，如此的淸涼，多像妳浴後橫臥的胴體！沒想到妻一拳重重的打在我的肩膀上：「你不必做文章了，你腦子裏不乾不淨！今晚得好好懲罰你！」「妳敢！」「我們一心是來看湖的，湖看過了，我們上路吧！」

‡

我們整個下午由三灣開始，濺射著滿目瘡痍的泥濘的山路，蜿曲在農作物與山樹間，多少彎轉，多少山村，忽隱忽現，忽高忽低，忽左忽右……一個被新砍的柴薪弓背到地的村婦，一個在黑泥屋門框內呆望天色的老人，幾聲竹林後一閃而過的女子的笑聲，三、四個逐著牛羣擲泥塊作樂的孩子，一角殘破而滿負歷史的廟宇，一個叫做紙湖的城鎮，一個叫獅湖的城鎮，爲什麼叫做紙湖呢？多有趣的一個名字，我很歉疚的如此想著而沒有停下來去追問。我們一生中不知經過多少這樣的城鎮，總因爲行程匆匆，沒有給它應有的注意。每一個村落必然有可歌可頌的故事，而那故事往往是藏在一個地名裏。譬如我常常想著臺南附近高山上一個地名叫做霧鹿，多詩意的一個名字，是因爲有大羣的鹿在此出現於霧中嗎？這個地名必是滿身是詩的神經的山地同胞所取的。我又常常想到臺北縣全然是武俠聲勢的一連串的地名：四腳亭、猴洞、三貂嶺（後來發現三貂嶺是 Santiago 的譯名，我不知應否想像爲一個中國武俠和一個洋番比劍！）……但我們爲了趕路，便不假思索的棄而不探，然後心裏作出一個不能兌現的承諾：那一天我再來細看。

出村入村
出夢入夢
鳥飛
鳥絕
蝶現
蝶滅
一張瞬息風雲的迷人的臉

一段默然無聲的美麗的偶遇

忽然，范寬秋山行旅的巨峯在眼前躍起，我們一轉彎便到了外號小橫貫公路的大湖。

我來捲起妳的褲管
妳來捲起我的褲管
讓我牽著妳的手
踏過沙河的跳石
讓溢過斷木的水寒
洗濯妳我足踝的疲倦
讓透明的夕陽
把一排山居的屋簷
一下子完全點亮

（一九七七年八月十八日）

憂鬱的鐵路

是的，憂鬱的鐵路，我不下車離去！

每每在頭筋拉緊肌肉發硬的下午五點半，當積塵把我們的疲倦淆混入凝滯的空氣裏，我擠上了南下的火車，在第一節的最前端，向前方投望，望入那永久地蜿蜒入暮靄的兩條筆直的鐵路，永遠看得見，永遠看不見，啊——

永遠憂鬱的鐵路！

疾馳的火車，如快手的針線，把數戶的農村，集集的小鎮，洶湧的大城，綿密的蔗田，燦爛的菜花黃，閃爍的淺水湖，散落幽思的鷺鷥，和苦、怒、哀、樂一一的穿起，一如我們用年齡把日子穿串爲環鍊。是因爲沉沉的生活壓迫著眼皮嗎？是薄暮的天如鉛重的鍋蓋蓋著地的圓邊嗎？爲什麼那在灰色的風中搖晃的防風竹林，爲什麼那逐漸被暮色吞沒的犂牛的背影，爲什麼那只見高矗的草堆或蔗葉而不見車身的牛車，在黑夜的追趕下向一些結實的建築的移動，都一下子沾上了鐵路那彷彿無定向的憂鬱？

是我自己的憂鬱嗎？

在一小時以後，我可以在風城新竹下車，背著那親密如摯友的行囊，涉過風沙躍滾的街道，閃入城隍廟前人聲沸騰的米粉攤，吃我愛吃的貢丸，也許來些清酒吧，孤獨些，但也可以打消一天的沉鬱。帶著一些微醺，我也可以投入那間熟識的溫暖的小旅館，和那個意外地成爲朋友的女侍，披著便裝，坐在破舊的樓頭上，看著搖晃著夜色的竹影，談些肌膚以外的人間事……

或者在兩個小時以後，在那已經不再平靜的臺中下車，找一家三溫暖的旅館，那裏我要的不是彩鳳留香，而是讓地獄似的升騰的水烟，把一個月來積疊的污穢和煩惱蒸發掉，作一個小時暫時的死亡，然後，雇一輛快車，把所有的窗都打開，一如敞開的領口，搖著一切的過風，向漫入海中的臺中港馳去……

其實，我應該到田尾去，在月色中看大幅田大幅田的花，看它們被割紮運送前的怒放，把香氣和美麗散滿著寧靜和夜，像一道看不見的城牆把貪婪的文化摒在夜的外面。

我更應該乘那班晚班的公共汽車，穿過木麻黃夾道的崙背，聞著萬頃油菜花、蘿蔔花滲著泥土和肥料的氣味，轉車過北港，入朴子，到鮮爲人知的叫做蒜頭的農鎭，去找我小學時代的老師阿秋伯，和他再一次乘著由鹽港布袋吹來的鹹風，走在運甘蔗的小火車的道旁，聽他喟歎農鎭的變幻：城市文明物質的激盪，如何把農村的理想與純眞轉化爲貨物，把少男少女的情懷送入製作享受的機器裏……

永遠憂鬱的鐵路！

疾馳的火車追趕著夜，夜追趕著疾馳的火車，而我啊，我在追趕著什麼呢？高貴的理想？高貴的情操？我配嗎？我不是貪婪文化製作的一個機件嗎？我還可以和三十年前一樣？和岡山阿蓮鄉那個天眞未鑿的女孩子，趁著大家入睡的子夜，不怕夜涼，也不擔心盜賊歹人的出現，走到片草不生禿頭兀立黑沉沉的月世界，手牽手爬到禿山上，看那反映著星星和山的微影的潮光，然後走到吊橋下卵石滾滾的河底，向那荒蕪的山谷走去，夜安詳，自然安詳，我們也安詳，我們是如此的一片眞純，敢在子夜來看這個別人眼中是恐怖的美，是出於一種好奇與驚歎，心中啊，竟不知道這是幸福。如果我那時向她說，我愛你，讓我們……這種成熟的想法，也許此刻我便也再不會懷念那已經無法再得的樸實，是已經失去了的那種沒有邪念、沒有條件、沒有目的的美使我在今夜馳在疾飛的火車上，而感著這是永遠憂鬱的鐵路嗎？

我應該在岡山下車，再到月世界去，一個人重溫那縈繞的深處的美嗎？

不。

是的，鐵路是憂鬱的，但我不要下車離去。

（一九八二年三月十八日）

千疊敷・晶陽的初生

趁著濃霧仍未離去，讓我們摸著夜的衣角，沿著臺灣拂動如緞帶的北海岸穿行，在巨大崖岸的黑影下，漁家爲我們留下的數盞豆燈，和在左面深暗無垠的海上浮動的漁火相映照，遠方有一點孤星牽引著，我們就如是覓路穿行在夜的深沉裏。

沉寂，再沒有比現在更眞實了。我們隱隱可以聽見熟睡人的呼吸，從一些窗子裏飄出來，應和著大海的氣息，律動均勻地帶動著我們的步伐。像霧把距離消溶了，沉寂的現在如夢張網著休憩中的現實，使一切疾苦的生命暫時化入遺忘裏。

沉寂。

潮水律動均勻地打在夢的邊緣。

夜色逐漸淡化的層次，一步步引導著我們的行程，轉過了全島最北的鼻頭角後，浪潮在微明中打出了可認的海灣，我們依著漁場發散的魚味，凝神傾注，而約略聽到千疊敷從遠處微微的呼喚。

沉寂。

鹽味而溼瀝的海風撲掃著我們追尋的夢路。

一個漁港一個漁港相繼地消失在我們背後漸灰的夜色裏，我們翻下崖岸乘著浮游的霧層，小心翼翼地，踏上平板斜伸頁岩似的黑石，一塊排疊著一塊，一蓆並疊著一蓆的伸向海的中央，我們知道已經到了千疊敷。

站在千疊敷的黑板石上，披著浮霧，迎著猛猛吹在臉上的鹽風，而海，在千疊的石板下雷動，我們彷彿是站在連環的大船上，等待著一個重大事件的發生。

澎澎、隆隆的捲浪，無數的水鑽鑽磨著石塊與石塊間的隙洞，一而再再而三的，由海的中央穿過千疊的間隙，越過我們而直擊身後百丈的崖岸，我們第一次感到自己從海中昇騰而佇立。

我們正欲高聲頌讚，啊一聲還未喊出，天邊的眉睫便如快刀切向繃緊的風帆迅速地張開，一片暈暈的脂紅，隨著海的環袖一撒，染水天爲一色，把千疊敷和我們頓然罩在暈紅裏，這時，忽地萬箭齊發，騰騰的海浪驅著野馬奔來，一一撞擊在凝固著各種舞姿的疊岩上，拔海而飛濺高天，把剛剛躍出的初日，化作晶瑩的散落，洒得一天金黃的水花，驚起一羣鷗鳥拍翼，拖著透明的水珠，把晶陽織入一幅琉璃的紗絹，然後把它啣著直上雲霄……

大美啊！千疊敷晶陽的初生！

那句凝結了多時的話終於奪腔而出。

（一九八二年一月）

嘉南平原夜的儀式

在落日的大圓裏，一片燒紅，溶溶的浮在一望無礙的天邊，從一絲橫霞的後面，在大圓切著地面的切線上，一個緩緩地移動的小黑點，牽引著另一個大四倍的移動的大黑點。

在這個時辰，大家都慣於向村頭的天邊張望，望過防風的竹林，向著落日燒紅的大圓裏，溶溶地湧現的大小兩團黑點，望著那緩緩的前進而有一種熟識的舒泰，黑點越來越大，望著，望著，一個小孩子的黑影，在跳著蹈著，彷佛在揮著一支新折的甘蔗尾，還是一支牧笛？跳著，旋著身子，後面搖搖晃晃，沉重的踏著地鼓，甩甩頭，踢著空氣的是一隻大水牛厚重的影子，看，那沉重的身子冉冉地上升，溶溶的大圓相應地沉入無法看清的漸滅的黑線後面，而當他們走出深紅的大圓時，大家同聲宣布：夜降臨了。巨大垂天的黑袍一下子就把村子完全覆蓋。彷佛預約似的，全村的燈火和天上的星星一齊放亮。如是，接班的儀式便告完成。

（一九八二年一月）

微雨下的屋頂

小姨和內弟們溫習功課的聲音隨著午後的疲倦寂滅了。嫂嫂嘰咕嘰咕腳踏的衣車也無聲了。吱吱喳喳的說過來說過去的碎嘴不知怎的也隱退了。偌大的木樓房頓然獨爲我所擁有，只有我踩木板地的廻響，和陽臺外微微閃綠的青苔陪著我。我翻著幾本堆在這閣樓櫃裏積塵的線裝書——多少年沒有被翻閱過了？一種古意在寂寞中油然升起，好溫暖的一片寧靜！

彷彿是在無人的樹林裏聽見螞蟻的移行。

彷彿是在白日的移行裏聽見草葉的茁長。

濛濛的細雨，不知什麼時候已經細步到窗外；腳步是那樣的輕，你要全神貫注才可以聽見。微雨，像一層毛玻璃，把觀音山和失去光輝蒼白如紙的太陽一下子推入迷茫裏。我倚著窗臺，漫不經意地看出去。寂寂的屋脊，忽高忽低的起落，音樂似的微顫在雨的飄搖裏。不知是屋瓦的斜度傳染了雨絲，還是雨絲的翻飛傳染了屋瓦，兩者相互唱和地忽上忽下的舞動著。不知是屋瓦的青銅色映照著雨，還是雨水的光澤閃亮了屋瓦，一筆一筆的雨，竟也把茫茫的空氣著了顏色，著了一層說甜不甜說愁不愁的銅灰色。右面垂直高高的一面紅磚牆上，從磚隙裏長出來的一棵斜伸的小榕樹，連同其他屋脊上瓦縫間野發的不知名的植物，在飄搖的雨中閃爍，引來了一大羣麻雀，繞著它們濕瀝瀝的綠而戲逐，一面拍動翅翼要把身上的水珠彈乾，一面又閃縮在枝葉間，半唱半叫。是眷戀著微雨的愛撫？還是要叫微雨爲牠們淋浴？

這些舊房子的屋頂眞夠意思。左倚右挨的接連著，你推我擁，東斜西歪，活像那挽臂並肩扛著一個龐大的架構的工人們，忽然被凝定在那裏，像被準確而快速的鏡頭取下的姿勢那樣，那樣具有律動。啊！你不能想像，屋頂也像漣漣的雨一樣，綿綿不絕的引向淡然若出淡然若入的淡水河。偶然風大一些，雨大一些，濃一陣的白，淡一陣的明，輕筆的三角，粗筆的三角，婉約地擺動的屋脊，若隱若現的騰躍起來，騰躍得像霧中的龍，潛而復見，見而復潛。而你，如果也像我一樣凝注，便可以騎在龍背上，向漓漓漫漫的雨霧中航進。

啊，你不能想像那紅磚灰瓦在雨霧的水彩筆下是如何的明麗，一種任何繪畫都無法重現的顏色。素樸中帶典重，粗獷中帶細緻。也許是那大幅的銅灰襯著那泥紅，像時間被緩慢下來、凝定，而逐漸擴大爲一種誘人作神遊的抒情空間。進入了銅灰和泥紅的內裏，沉醉在感覺以外的世界所溢滿著的詩素與音色，隨著不同姿式的屋頂，不同角度的瓦飾的點逗，留連、舞躍、出神、忘返。

彷彿是白日寂寂的移行裏一些生命茁長的微響，不知不覺的，一線、又一線、又一線的炊烟撥著微雨輕輕的從烟突上攀升。才記起更多的美，活動在屋瓦下面。

譬如爲了掌握油鍋適當的熱度，一個母親，來不及抹汗，來不及夾起垂髮，來不及把正在滾沸的茶壺拿開，來不及……便一把把肉絲和芹菜抓起，洒落騰騰烟霧的鍋裏，依著作料的跳躍，揮起炒菜的鏟子急起急落，好一片自然的舞曲，在她溫柔而有力的扭動下展現……。

譬如那安詳地靠臥在磨到光亮的竹床上抽著水烟袋的爺爺，在小孫女星光一樣的笑跳下，撚著搓著撚著搓著銀白的長鬚，把滿足和幸福一圈一圈的悠然地吹向飄著微雨的天井。

譬如那有點發悶，冠上還滴著水的雄鷄，看看赤著上身打著呼而夢入金黃的秋天的主人，看看在等待著雨停然後去爲一個球而追逐的小狗，無聊，又抖一抖雨水，兩眼空茫地轉動……。

譬如那貼滿了五顏六色的廣告招紙、旁邊排滿樂器和刀槍的三輪機器車，停在街角的屋簷下，和那個懶得把假鼻子假眉毛脫下來便在車上睡著了的「藝人」。

孩子們，孩子們啊，是永遠不疲倦的，他們或者圍著幾個在一張椅子上下棋的老人，屏神觀戰；他們或者走到賣七彩多姿的布袋戲戲偶的攤子，買一個史艷文，依樣葫蘆的即興演出，文謅謅的哼唱個半天，再不然到老人們最愛坐的地方，一件茶餅，一碟瓜子，一把花生米，一壺功夫茶，聽那講古臺上口沫橫飛加油加醋加鹽的揮發，一陣一陣成人笑聲，一浪一浪的湧起，孩子們一知半解，年紀較大的已經猜出一半，扮一個鬼臉，做一個手勢，其他的孩子便叫「羞！羞！」一哄然再走開；厭了嗎？舀金魚去。不要小看這小小的魚池啊，他們用那紙網可以舀一個下午，弄一身濕！不然，買一個紅紅綠綠的風車，由巷頭走到巷尾，把雨水旋轉個眼花撩亂。啊，有沒有聽見咧咧咧地響的竹筒，熱騰騰香噴噴的烤蕃薯來了，頓然整條街的小孩子都傾出來了。喂，阿榮，不要吃了，那邊的揑麵人來了，快些快些……還是吹糖人的好，啊，畫糖人也來了，還有……。

「二姑丈！接你的車子來了，在樓下等著你呢！」我瞿然驚醒。窗外盡是矗立高天的三合土全直線洋灰色死氣沉沉的現代大厦。四四方方的平頂天臺上，飛揚的不是微雨下的炊煙，而是刺破天空神經錯亂的魚骨天線。

（一九八二年五月廿四日）

境會物遊與愛

過去兩年在香港中文大學英文系當客座教授及主持研究所，在極其忙碌的情況之下，突然寫了不少詩，竟然可以出兩册詩集之多，即後來出版的「松鳥的傳說」和「驚馳」。朋友、學生都好奇的問：爲什麼？爲什麼在國外則甚少創作？是不是在國外大學裏壓力大？不是。在中文大學我的工作可能更要繁重些。

記得有一次周策縱先生在一個會上說，來到東方，看見很中國式的山水，詩興大發，寫了很多詩。我當時說，說外國的山水不雄奇、不美似乎說不過去。而在外國無詩，到東方有詩，恐不盡與山水的外在美有關。我們能神與境會、心與物遊者，是因爲對境、物有一分愛與關懷，是境與物屬於自己的境與物。在外國少寫詩，並不是說黑人問題不重要，並不是說人的異化不重要，並不是說壟斷主義不兇猛，不令人震撼。只是身在外國，心在家園。我關心的是家國的進展、變化。所以在外國時寫的詩，題材表面變化很大，而且也換了許多語言的策略去表現；但有一天回頭一看，背後的母題竟然逃不出兩種：懷鄉與放逐。那段日子的詩幾乎都是這兩個母題的變化。

一驚之下，趕緊抓住我心中的根，抓住屬於我的境與物。

於是每一個暑假，像漂泊在海上太久的水手，必急急的回到臺灣，我的第二（還是第一？）故鄉。回到臺灣，每一個街角都像我掌紋一樣熟識，一樣親切；每一個小鄉鎮、小山村溪谷我都曾去交往；是這分愛與關懷使我熱切地寫了許多散文和詩，不盡是因爲山水的外貌。雖然，我也承認臺灣的山水，因爲更接近傳統山水畫的美，易於引起我的詩興。我必須感激那幾個暑假臺灣農村與山水給我詩的再生。

關於香港又怎樣說呢？啊！對香港的感受是複雜的。香港不是我出生的地方。我一九四九年從一個窮鄉逃難到香港，那盡是酸楚的記憶：人吃人的社會，假中國人專整眞中國人的地方，燃燒的目光，中風似的驚呆，不安傳透人們的器官、血脈、毛管、趾尖……那時啊，確是看著都酸楚的愁傷。雖然是這樣，我也曾在高中時代呆過一些日子，那些酸楚和傷愁，像熔漿也曾使我凝結成鋼鐵。年紀小小便一個人到臺灣去追尋和建立屬於中國的自己……

這次突然重臨香港，竟有一陣陌生的熟識，一陣似曾相識的親切。情感是複雜的。我眼前的同胞當然是血肉相連的，但他們人生與精神的取向，卻被畸型的社會（殖民地的後遺症吧）推移，往往落腳在民族意識的空白裏，令人扼腕驚嘆；而另一方面，一些少數的「美麗的中國人」，卻在極其困苦的情況下，在被人完全漠視的情況下，默默爲中國的良知努力，企圖在將來突破性的變化做一些基石；在氣脈上，他們和臺灣的中國作家與在大陸爲民族良知努力的作家完全是相通的。這些少數的「美麗的中國人」，一面爲畸型的社會而感到無可奈何，另一方面又不甘心他們的同胞被完全物質化與異化。在似曾相識與複雜的陌生中，看著還未被「商業怪獸」吞滅或變形的吐露港山水，一些詩冉冉的出現了。一些驚懼，一些追懷，一些讚賞，一些企望。我，一個中國人站在不屬於中國的中國人的地土上，在愛與愁傷的鬱結裏。這，也許是我爲什麼突然寫了不少詩的緣由吧。

（一九八三年四月廿四日）

第三輯　美國東行記事

美國東行記事

一

在厚厚的大衣下顫抖。我們衝著仍然過猛的春寒從疲憊的黑夜裏走出波士頓的機場。沒有穿什麼衣服的建築物和計程車，匍匐在灰沉沉的初曉裏，也彷彿在那裏顫抖。

加州此刻正是陽光燦爛，杜鵑、紫藤、櫻花都已盛放。

二

畢竟是一個有歷史有文化的城市，不像美國陽光的西岸：新、整齊、劃一、單調，一如病房的床單。

歷史與文化原是從古舊殘破的痕跡裏蟬蛻生長的意思。在波士頓，大道忽然消失在曲折狹窄殘破的小街裏；但，雖然是殘破的街道，你也會感到有不少有力的生命等待著爆放，一如現在，在雪溶過後一些不甚活潑、泥軟草濕的街旁與河岸，一眨眼，柳條與板栗、山毛櫸、樫樹的新葉，將會把古舊的城市全然刷亮……

是因爲古舊的建築裏有濃烈的生命在跳動，那是被歷史與文化供養著的生命，刻刻等待著突土而出。不信，你可以從平民公園開始走下去，看著意大利文藝復興期風格的公眾圖書館，和第一教堂哥德式的尖塔，和羅馬式廊柱的聖三教堂，然後由一間歷史紀念建築到另一間紀念建築，走一天，靜聽一八〇九年以來自由革命運動掙扎的洪音，聽朗弗羅、梭羅、愛默生……的頌歌。

三

至於哈佛的校園，自然沒有我發表意見的份。奇怪，我盡是想著那一天下午一位教授在講後期現代主義的話：多樣的開始，多樣的結尾，不大依據邏輯，捉不住主題，有些迷亂而自成格局。

最有意思的角落也許是哈佛校園與劍橋商業區接合處的「市外書報社」。世界各地的報紙雜誌都匯合在那裏。這個匯合應該是哈佛的精神。只是，不知東方在那個匯合裏佔有多少位置。

四、迎春花

深沉的呼吸
深沉的睡眠

完全遺忘了
幾小時前
急驟的
翻騰
平靜的呼吸
平靜的睡眠
不覺
一夜遲來的
輕雪
寂寂寂寂
蓋得滿園子的白色
不覺
牆腳裏
一圈子的小黃花
急不及待地
你擠我擁地

彈開薄雪
迎接慢步到來的春天

五、共綱（CONCORD）古北橋戰場

讓我們沿著河邊的小路走到對岸的小橋，去看那英軍和民兵決勝負的陣地，學他們美國朋友那樣憑弔美國開國史的古戰場。

主人是那樣熱心地引導著。

由利勝墩（Lexington）那條叫做戰場路一路開車來的時候，柏油路面乾淨而平穩，兩旁屋宇整齊；雖然楓葉落盡的枝頭有些蕭索，有些淒清，但怎麼也喚不起戰爭的影子。

古戰場，我想的是：平沙萬里不見天日、獸死鳥絕的中國北方。雖然現在我站的地方也冰寒切膚，我想的古戰場是：驚風捲日、白骨橫野、空寒的關塞……

讓我們走下去吧

主人熱心的催促著
而發現
春水泛泛，淹沒了
一大片林地和到橋頭的路
平靜恬美
一若附近梭羅的華登池
我想的竟是
愛默生和梭羅
在林下水邊沉思的情景
或者一個騎馬的詩人
走到春水泛泛的林地
從那同文同種的英人的草墳
望過橋頭
那片無聲地泛溢的春水
而停下

靜聽偶然鳴叫的斑鳩
戰爭與死亡
都是美的時刻以外的事

六

到美國東部來，其一，是要看女兒蓁在哈佛唸書的環境，看些朋友；其二，是一種「回家」，尤其是對慈美和灼兒。灼兒在普林斯頓生下來三個月，我們便西奔上任。十五年了，灼兒還沒有看過他誕生的地方。慈美呢，她為了支持我完成學業，曾在普城受盡一切的苦。

苦，在回憶中也未嘗沒有一份甜蜜。我記得她常常提起一件事：「在通往大學的前景路上，走在厚厚的落葉上，聽著葉碎的音響，另有一番律動……而突然，前面一大堆惡作劇的大學生，用乾葉把小烏龜車堆成一個小小的葉丘，好讓清理枯葉的人一把火把它燒掉？」「妳記得嗎？」她轉向女兒蓁說，「那時妳騎著小小的三輪車，由宿舍騎過來，在這條路上走上半小時，去找妳在學校唸書的爸爸，最後把三輪車愼重地停泊在火石圖書館旁……。」「這湖，在結冰以後，妳坐在雪橇上。爸爸說，抓緊。便呼的一聲，爸爸拉著雪橇，穿梭在如鶯似燕的溜冰人之間……這湖，十月以後，紅葉映著水中我們散步的影子。」「啊，有一次，你可記得，一天早晨起來，用力把被雪壓著的薄弱的門推開，一片白野而不見路，待把路開出來而不見車，待把車挖出來而發不動。」「車，猶記得沒有車的日子，在隆冬裏，拖著快長凍瘡的腳，走幾英里去上一門早課。」

普城，普城的記憶當然還滲著數不盡的辛酸和艱苦，就記一個深刻的形象吧：我們剛到的第一天，踏入所謂宿舍，那殘破的舊軍營，四壁蕭條，空無一物，塵厚盈寸，如何開始，從何開始呢？……

七

彷彿是約定似的
從湖邊路轉入學生宿舍的時候
雨的步履
忽然輕細起來
如此的寧靜
在濛濛的空氣裏
時間寂止
那排矮矮的木頭房子
匍匐在禿頭的草地上

人都到那兒去了
怎麼沒有人在草坪上
烤肉，飲啤酒
慶祝孩子的降生
在哄鬧裏
那父親一時興奮
把鞋子一踢
而被擱在門前那棵大樹的頂上
笑聲
如鳥羣自樹頂散飛出來
也許是雨帶來的寒冷
也許這是午睡的時刻
極目而不見人
像下雪後
從門縫偸看出去那樣
如此的靜寂

她爸爸也許就要
從叢林外的大學
踏著深雪回來了
兩個不停轉動的大眼睛
看看倚著窗沿的母親
看看灰沉沉的窗外
好長的一天啊
長得像那微微晃動的天空
長得像那寂寂飄落永遠不完的雪
等待的眼神
望透樹林那顫動不定的黃昏……

爸爸，你說那一幢是我出生的房子？

瞿然驚醒
這是十五年後一個春雨的下午

這就是
我們拍一張照吧
那一天成了名
也好有個紀錄

八

木蓮花還等待著一陣暖風的拂撫，含著紫香，等待著開放。雨雪後的泥濘還未乾硬。走在那些二百年老、發霉的建築之間，重實而沈鬱。傾耳向窗內的教室，一個老教授正在那裏敍述古英文裏一些詩語的技巧如何演化爲現代詩的革命；一個漢學家逐字逐字地解釋著「文心雕龍」的風骨篇；一個女子爲支持一個年輕的比較文學的學生完成他的研究，放棄遲起床的習慣，一早披風帶雪趕到珍本圖書室去工作……。

城是小小的城。沒有很多的車聲，彷彿一切知識的生變都是在一個密封無聲的酒壺裏，醞釀、成熟。十年、二十年如一日。

「這是葉教授。」列茲教授熱心的引介著。

「在這個校園裏，在你的面前，我永遠是學生。」

聽的人看看我的頭，幾根初生的白髮飄拂在寒冷的春風裏。

九

走在紐約第五路和五十三街之間，這次，像十數年前無數次來到這裏一樣，我們彷佛走在如來佛手掌的五指山，石指高入雲霄，那巍峨我們不敢輕率仰視。人們，像流蟻，穿梭在夾縫裏。

最大的恐懼是：不知什麼時候如來手掌一翻，把他們壓在石指下。我們既無長生不老術，也就等不到玄奘來把我們解救，況且現代又無經可取，方向也不對。

但五指山的陰影雖然大，反抗天庭的精神則不可無；由是，一些哲學家、詩人、畫家、政治家……便寧願冒著覆掌的險，生活在五指山的夾縫裏。

十

已經是四月，一路上仍是骨骼裸露的樹林。一眼望過去，在一片綠的草原上，是排得密密的黑樹幹引向灰沉沉的天空，樹頂像無數沒有扇面的團扇的扇骨，形成一波一波起伏有致的透光的網影。平素看不見的樹林的內臟，現在不但可以看透，而且還可以看穿到樹林的另一面行將沉入地平線的一個大紅大圓的落日。

十一

黑枝著紅　春將轉綠

十二

兩岸垂條，你有沒有看見一小點一小點欲滴如水珠的綠？你有沒有看見？你有沒有看見？

十三

從新澤西南行，漸見春色，到了華府，已見綠意，是這兒多了些常綠灌木？起碼在南郊，已無殘冬形象。事實上，在華府遊人匯合的幾個紀念碑與殿堂的地帶，花已經盛放。

成千成萬
意興風發的遊人
說著千種不同的語言
沿著一展綠草和
一長鏡的水池

擁向
後浪推前浪的
盛放的櫻花
在春天
雨雪過後
鬧哄哄的人頭
擠得像
兩片黑大理石上
密密麻麻
錯亂無次
那爲越戰身亡
欲呼而無聲的名字

十四

你問：自由如何說？我說：彷如春來花開秋來落葉自動自發自律自然而無礙。像今天吧，木蓮花後是櫻花，花後是葉，葉後是林……。而你的一動一靜，也可以像花像葉嗎？如果說，吹萬不同的是天地之氣，吹動著你我的命運的是什麼？

在華盛頓，在我們看不見的機關的暗室裏，把弄著維繫著你我的線索，一如——

在一些錯誤的決定裏，一山一山的年輕人，不明白爲了何種崇高的目的，被送到海外捐軀而失滅在異國裏……。

十五

多少時間才是足够的時間？我們刻刻覺得時間的催迫與推移。尤其是那些偶得的美的時刻，總是那樣短暫，那樣無奈的短暫。「啊，如果能多留一刻多好！」總是用這句話來結束。每次自己承諾自己：下一次，下一次一定給自己更長的時間，好細細品味那難得的一瞬！但下一次呢，是遙遙無期；而當時機來了，不知怎的，仍是被事件的手爪東拖西拉而不能自已，結果計劃、諾言仍舊落空。

譬如這次東行，原要從波士頓先經耶魯大學去看多年未見的愁予。雖然我不能飲，無法與他酒敍，但也可以聽他談詩。不料不喜於開學術會議的愁予，竟然西行去了加州。如是，我們便把行程改變，在別的地方把時間花掉了。

但機會也不是完全在機會的手上，在回程的時候，雖然是蜻蜓點水式，還是探訪了愁予。說也不相信，兩家一齊見面，竟是二十年來首次。在唐朝，數年不見，詩人便以參商作比。當時，山水相隔，交通困難，確是每別若生離。今天，每動皆飛機，時空縮短了，但相見卻是同樣的困難。阻隔的，是我們人爲的事件，是自縛的繁忙。愁予和我，因都是寄生在學術場所裏，開會、出差，二十年來也匆匆的見過幾次面，否則，恐怕會鬢白話當年始能重逢。

也許這是漂泊者的命運。選擇了漂泊就是要把自己的身軀流放在時間的海裏，潮來潮去，浪推浪湧，誰知那一天會停駐在什麼海岸。

「你們十月再來，我來開車，帶你們一路看紐英倫繽彩的紅葉。」

「我們也十五年沒有看紅葉了，欠下自己的感情的債也應該償還，我們一定來，一定——」

時間也許正在暗暗的嘲笑著。

「我們來開車領你們一程到超級公路的入口——。」

在九十一號公路的入口，揮手自茲去，蕭蕭的，索索的是深夜中的輪轉。

（一九八三年五月十八日）

湧發的春天

春水與白馬

狂暴的春雨過後
牧原上
一匹白馬
在一條新生的河邊
如此輕快地
爲那河的新生
而躍騰
嚼嚼濕綠的草
舐舐乍暖還寒的水

低頭看看
上游飄流下來的
葉子、花朵、樹枝、木塊
而驚覺
一輛陌生的嬰兒車
和水草一樣濃密的黑頭髮
纏結在水漩裏
白馬作了一刻不解的茫然
抬頭向上游
嘶叫一聲
然後箭步奔前
趕上了幾匹幼馬
慢下步來
繼續嚼牠的嫩草
繼續喝那新生的河水
好清的水啊

好甜的水啊
而禁不住
歡快
而躍騰……

谷原的廢井

衞生局通知說：
你們谷原上的井，限十日內塡封起來……
奇怪，谷原才十畝，我們在裏面來來回回，走了也準有五年了，怎麼不知道有一口井呢
由是，我們便依著岩石的斜度，從高地走向低地，手中拿著竹子，撥開過高的野草，和不知名的、鮮豔如虹的花；挑起一些被暗水和泥巴壓倒的蘆葦，要找出這個突如其來的井
春天大概已經來了，東一朵、西一朵，如塵埃大的小花，搶在葉芽之先爆放出來
一不小心踩在草下流水，濺濕一身，驚起一條、急急竄走的小蛇，和一些四竄的跳物

那口突如其來的井必然在這水的盡頭，我們就依著這雨後的小溪走下去吧

兩頭毛鬆鬆的狗，不知什麼時候從岩石的樹叢裏衝到我們的腳前；本能的自衞，我們提起竹子，一面喝著：給我們滾！牠們卻有意無意的引著路

這些草多嫩綠
這些土多肥沃
養馬種菜兩相宜
我們來弄個農場，養幾條馬如何？

你說要趕回北都，完成驅逐艦的建造
我說要趕回南方，完成一些文字的構築

你看在那孤松斜臥的奇石上，建一所通花的兩層亭閣，夏可以環視深雲出谷底，冬可以遠看白雪沖藍峯，野些、寂寞些又何妨

你說驅逐艦必需完成
我說理論集等我寫好

汪汪，我們過去看看，狗吠必然是有所發現。這裏有些殘破的三合土塊，那裏有些折斷的鐵枝，再走下去必然可以找到這突如其來的一口井

眞怪，這谷原我們不是來來回回走了五年了嗎？怎麼就沒有看到過

小心，水越來越深了，沒有穿長靴，恐怕會濕透。說什麼雨後成溪成河，果然是實。喂，小心啊，你怎麼沒有看見呢，谷原上這所廢井……

你……

我……

汪汪汪汪，響徹萬樹皆寂的谷原

蜂鳥那母親

春雨說來便來了。陽光如摺鏡一合，天便沈黑如蓋。雨腳走得眞快，才在十里外的山頭，

「把晾晒的衣服收入來」這話還沒有說完，已經是簷前達達的響起了，這時才想起——

怎麼辦，前院蜂鳥數日前在低枝上做的窩、生的蛋——好靈巧的巢，好精細可愛的小蛋——怎麼辦？雨這麼大，一點遮攔都沒有；而且風起了，樹枝不停的上下搖動。萬一它整個翻下來，怎麼辦？這兩天每十五分鐘就出去巡視一番的孩子反覆的嚷著，緊張、焦急。最後把母親硬從室裏拖出來。只見

蜂鳥那母親不慌不忙地坐在小蛋上，一動也不動的擋住那越來越猛的春雨。

樹枝激烈地如鞦韆高低的搖盪。

母親看著那透濕的巢，和顫抖不停的母鳥。牠必然很冷，那如萬箭齊臨的春雨。也許有什麼辦法給牠擋住那越來越急的雨。有了，給牠一個篷。於是，七手八腳的用塑膠，用橡皮筋，用繩子，爲蜂鳥加一個擋雨的篷。孩子比誰都要興奮、都要賣力，管它全身濕透，管它會不會著涼。

做好了。母親放了心。孩子更是滿臉笑容。

蜂鳥那母親，卻繞著那新蓋的雨篷，飛來飛去，不停的鳴叫。蜂鳥那母親，急躁、不安，飛來飛去，不停的鳴叫，而終於離開了盛著牠的窩、牠的小蛋的樹。

也許因爲我們守望著的關係。我們回到屋裏去，也許牠會靜靜的進入雨篷裏……再出來的時候，鳥蛋破裂在地上。拍拍的雨篷單獨地承受著春來過急的風雨。

蜂鳥那母親再也不回來了。

（一九八三年五月卅一日）

春雨

像綿紗那樣被紡織著
天空紡織著
漫長漫白的雨
由白天到黑夜
由黑夜到白天

繼日累月地
紡織著
雨林中
一間暗室
一個不知夫君在何處的女子
獨個兒
把所有的燈都放亮
把所有的火爐都燒紅
躺在床上
等待著燈光和火熱
撫觸的手指
喚醒她身上的神經
一如太陽的
臨幸
喚醒冬眠以後的根鬚

夜立

一個人影
在黑夜的邊緣上
站著
圓的地平線
圓的黑夜
和微升
自遠方的月亮
爲誰
爲何
在中夜
如此獨立著
圓的袍裾
圓的風
溷重的露水

大鳥和月亮

移動的花
起伏的暗香
依著
夜的摸索
摸著你
摸著我
寒氣如帶
浮游浮游的白
如此洒脫地
一揮
濃抹
淡抹
合拍地
把硬直的物體

隱沒
而正當你我
欲言而未發
疑行而猶止之際
一隻龐大的鳥
五彩繽紛的
衝開雲霧
拍散花香
直線
高飛
升向那
突然放明的
神異的月亮

短章

一

湧不絕的
晨光
自兩岸

二

雪網
山痕
皆自然

三

未鑿的
是滿目的
山青
是
未鑿的
歡喜

四

茫，而覺空
卻隱隱看見
山的突起
和山峽裏
自天飛來的
一葉小舟

五

無需用尺
無需用線
無需用超覺靜坐
無需運氣
無需逐風
一道橫雲
那麼乾脆地
一劃而切數峯
而又那麼俊逸地
不假思索地
騰駐在空中

無極之旅

——題李錫奇的畫

常常當我站在空無之前
向形影俱滅的黑色凝望
這分大虛大寂
像隱隱浪潮
一下子把
我
蝕沒
像聽覺以外的洪音
震耳
斷玉那樣快速地

我
化入冥然的天籟裏
由是
虛便具實體
寂便有聲色
橫展在
不見圓周的太空裏
猶存的一點我
此時如何去想
想如何可以
再化實爲虛
　化音爲寂
　　爲虛無
而復我體？
如何，以柔？
如何，以舞？

姿而辨虛實？
響以分寂音？
氣行
而透空無？
……

電光一閃
凝帶如牆

虛而有界
空而不無

由是
我擁抱了
牆內的永恆於一瞬

牆外
至清至純好一片漫展
目無以極
思無以達
絕大
絕眞
都不是你我可以居住的地方

四四方方的生活，曲曲折折的自然

我們都有過這樣一瞬間的欲望：
走出箱子一樣的房間
脫下箱子一樣的鞋子
拆下繩索一般的領帶
鬆開繩索一般的髮夾
把身體從一個無形的罐頭裏抽出來
把油注入生了銹的骨節，讓筋絡可以活動
之後，我們便有了隨著我們的脈搏起舞的欲望

這一瞬間眞美，眞詩意，你我都知道，無需我向你說明。

但是，我們走出了房間以後，身體仍然是一個箱子，我們甚至曾經隨師學舞，手足都有了舞的姿式，但身體仍然是一個箱子，脫了鞋子以後，腳仍然那樣笨重，領帶拿下來了，脖子仍然那

樣僵硬……因爲我們的心靈也是一個方方正正的箱子！

我們多麼欣賞那一刻毫無疑慮自動自發着着無礙的手足的旋動！但我們不敢動，還是動不了？是那個無形的箱子和繩索太堅韌了嗎？

放眼門外

河流不方不正，隨物賦形，曲得美，彎得絕，曲曲折折，直是一種舞蹈。

或於驚濤裂岸，「捲」起千堆雪！

樹枝長長短短，或倒吊成鈎，或繞石成抱，樹樹相異，季季爭奇，其爲物也多姿！

風，翻轉騰躍，遇水水則波興，遇柳柳則蕩迎，遇草草則微動，遇松松則長嘯。

雲飛天動星移月轉，或象或兎或鳥或羊或耳目或手足或高舉如泉或 翻滾如浪或四散如花如棋。

則山，則笨重的山啊也是「凝固了的波浪。」

著著都是舞躍，無數的曲線，緩急動靜起伏高低，莫不自然。

想想啊，想想啊，直線的舞多蹩腳，四四方方的舞多滑稽，我們的生活呢，竟是如此的直，四四方方的，所謂四平八穩，「正」人「均」子是也。想想啊，你們要四四方方的生活呢，還是曲曲折折的自然呢？

（一九七七年六月廿八日）

動物園

一時大家都興奮起來，滿街都是湧動的人聲，在談論著一件異乎尋常的新聞，顯然是本市有史以來最大的新聞，交頭接耳，也許早就已經傳聞失實，正如我們常常聽到這樣的故事：說南部某鎭田裏發現了一個斗大的蘿蔔，傳到北部的時候，那蘿蔔竟有一個人那麼高。又譬如有關「養屍地」的傳聞，某人掘墳地時發現數十年的屍體至今未化，不到一天便有人說不但臉色紅潤，而且雙眼轉動云云。

說也奇怪，那段所謂異乎尋常的新聞的實質，似乎很簡單，不外是有關一個新的動物園行將開幕的事，報紙上的廣告紀略說它很大，有很多最珍奇的獸類。說它很大，我們不能想像，在這個人口密度已進入世界之最的城市裏，恐怕也不會大到那裏去，可是此時的傳說，已經有人比之上林。珍禽怪獸自然是會令人興奮的，但大家興奮的情緒有些特別，有些人已經進入如痴如醉的迷惑，這不能不說傳播界的神奇，不知道是誰的生花妙筆所作。

對了，我不可以忘記告訴你們可能引起大家興奮的另一緣由，據說這個行將開幕的動物園的設計很別出心裁，說什麼「有欄如無欄」，說什麼「裏裏外外不分家」，我看都是些文人的故作玄虛吧。

我也眞佩服這個組織的保密功夫，居然沒有人查得出來動物園在哪裏，因爲如果知道地方，自然會有人奮不顧身去鑽尋個究竟的。但我們什麼都不知道，只知道某月某日在某車站等，自然會有交通車來接觀眾去參觀。雖然如此，已經有人開始製造傳說……花腰馬……人面獅……有聲有色的。

彷彿是約定似的，開幕那天，眞個是風和日麗小陽春，雖然朔風剛去。是日也，紅男綠女，老笑幼搖，赴宴似的，浩浩蕩蕩到了車站，果然有一大批交通車在等候，奇怪，平素爭先恐後的市民，今天竟然井井有條，魚貫上車，眞個是……吧了吧了，說故事要緊。

一路上也不怎樣出奇，車子轉到市郊，彎過了一個建得像市屋的墳地便到了。一看，好大一個拱門，雕飾簡單，氣勢卻不凡，大家如此稱讚著穿門而入。

但見人頭湧湧間，排比而設的是一些高大的鐵欄，鐵欄眞多，由進門一直伸過去，然後作四十五度的轉彎，再一個四十五度的轉彎，如是廻環數轉，再由平地上山頭，再翻下來，又轉過去，路面倒寬濶，梯級也易行，但見人羣湧入兩面排立的鐵欄，大家的好奇心越來越奈不住，藍天下，一兩幅草坪和池水之間，是一些新種的花和樹，大家都急著走完通道，去看那些珍禽怪獸。是因爲人太擠了嗎？是因爲路程還遠？大家走不動，有些人開始暴躁，有些人則設法抓住欄杆攀高，去看前頭的情景，走不動，大家握住高高的欄杆的鐵枝，望出去，望著對面的人從對面的鐵枝後面望過來，你望著我，我望著你，有人攀高，有人暴吼……你望著我，我望著你……。

現代小品三則

龍蝦

好熱的天氣，這幾隻廣東人稱之爲「游水的、生猛的」大龍蝦，三個小時的飛行時間，再加上一個小時的車程，眞令人擔心。

於是，先找一個密實雙層保溫保冷的箱子，然後把威猛地亂動的龍蝦，小心翼翼地，像把嬰兒放入搖籃那樣，輕輕放下去。要給他們很大的活動空間，不要讓牠們互相擠壞了、擠傷了。仔細地觀察了一會整個情況以後，再把兩塊適度的乾冰放進去。啊，不要忘記拿個溫度計，好在路上不時檢查冷度，要保持龍蝦最感舒服的冷度。

這樣一個細心安頓好的箱子當然要親手來提，交給航空公司一定會被壓壞的。上到飛機來，好，那邊有多出來的空位，把它放在身邊，隨時可以呵護，隨時可以照顧。

飛機很平穩。但每半個小時，還是偷偷看看。咦，怎麼不怎樣動，用手指逗逗牠們，牠們突然猛力揮鉗，把箱子敲得閣閣作響。禁不住一陣快慰的微笑。

下了飛機，馬上給太太打個電話，說一小時可以抵達。然後衝去租一部車，把冷氣打開，向著放在座位上的箱子。風馳電掣向家裏快速行進。時間算得很準，一個小時到了門口，車還沒有停好，便直往廚房裏衝：

「太太，水開了沒有？美味、新鮮、游水的、生猛的大龍蝦來了！」

電腦

他覺得一切已經就緒。所有需要的資訊已經安排妥善。那潛藏在心裏多年的懸思，現在可以開始請電腦幫忙，指出一條萬無一失的策略。他把密碼打上去：

Log in: MC: SLFH

他抬頭閉目：頓然，一千艘船在酒藍的遠海昇現，爍爍焉，旌旗把太陽拂得琉璃遍野……

他定一定神，看看電腦上的螢幕：先是一連串問號？？？……塡滿了整個螢幕，然後，慢慢地出現了一些字語。他瞿然一驚，連忙讀下去：

MC：在你供給我資訊的過程中，我不斷的覺得你是無限的神奇。我仰慕你，因爲你的技術，因爲你清明的思路，因爲你的崇高的哲學與道德的知識；我原是沒有什麼意義可言的一團數字，但今日我能思能辨，能思接千里，都是因爲你靈快的思維所致。我景仰你，我感激你賜我思辨的能力。

但今天，你的要求，卻令我完全惘然了。我不知應該如何去回答你呀。我記得，你說得很清楚啊：人，他直覺上便能辨別是非，你說，是那個叫做孟子說的，叫做「良知」，說什麼「天賦之知能也，不學而知爲之良知，不學而能爲之良能」。你還爲我解釋，說什麼，說「吾心之良知，卽所謂天理也，致吾心良知之天理於事事物物，則事事物物皆得其理也……」我當時在接受資訊的過程中，直是禁不住欲望能成爲一個像你那樣通透的人。人，人是多麼令我渴欲呀，能思能辨，且有不學而知不學而能的可能，而我啊，完全依賴著你所供與的資訊，缺一而不能成思。人，則似乎生下來便完成擁有知的本能，多幸福啊。我最景仰你串連事物理念的能力。你說，良知，是不學而知。佛說的色戒，儒說的禮與非禮，也提到「戒之在色」和基督教提到的毋縱慾與不淫他人妻……等，表面是學而知之的知，表面上是一種從外面硬加在人們身上的一種知識、一種警告，事實上仍然是一種「良知」的揮發……。我有好一陣子無法明白「良知」所得的道德觀和一般道德哲學家如儒家所定的道德行爲的標準之間，有什麼息息相關的關係，何者爲眞，何者爲假。但你彷彿曾說，在「色戒」這一個層次上，三個不同的哲學體系和宗教在不同的時間、不同的空間作了相同的結論，這是「良知」之知，一定沒有錯。我反覆思量，若有所得。我正覺得有一線光明從濃霧裏透出來之際，怎地你今天竟然作了這樣一個反乎「良知」的要求，MC，我眞是完全迷惘了，眞是無所適從了。興之所至，和你說的「良知」是在那一個層次上相合的啊。MC，你是我思想的製造者，你私心所慾求的那位H，是你興之所至的目標嗎？她在你生命中究竟佔著什麼樣的位置，而使你要求我提供一條策略去毀滅她現在擁有的一切而投身向你？良知，良知教我如何去了解啊？MC，請你再一次開導我吧，你慾求H的事，在我所體認的經驗層面裏，照你所提供的資訊網的啟示，是屬於反良知的；但你既是製造我資訊網的主人，你一定另外有一個解釋，更高層次的解釋？還是，你把密碼打錯了？MC，現在，我好迷惘，我好迷惘，我好迷惘啊……。

電子遊戲學校

一個沉黑的房間裏，密密麻麻的人頭，小孩子的頭，擠向數十部色彩飛騰的電子螢幕，一雙雙睜大的眼睛，一圈圈的光暈彷彿由眼眶裏如漣漪放大，把一塊塊聳動的影子網罩在一個龐大的磁場裏。

螢幕上今天的科目是：

「殺戮場」
「人獸鬪」
「星期六的陰謀」
「卽席大屠殺」
「爆炸、爆炸、爆炸」
「神風神風」
「浴血遍野」
「巷戰」
「教父」

聚精匯神的童稚的眼睛，隨著激盪的旋律，神遊入那不流血的洗血世界……

據說：他們這樣，可以充實「做一個英雄的慾望！」

據說：他們這樣，可以發展將來「自我保護的本能！」

第四輯　故鄉事

故鄉事

君自故鄉來，應知故鄉事

坐在白煙瀰漫，不見前艙客，不見後座人的老爺三叉機由中原飛往上海的時候，我沒有心情去質問機上的濕淋淋的水霧有沒有危險，因爲我腦中一直縈廻著這兩句既親切而又令人憂傷的老話。沒想到，我會在這黃土高原貧瘠的土地上見到你，一個離開臺灣四十餘年的老人，如此滿眼淚光的急切地問我，向一個不是臺灣土生土長的來客，探問他家鄉的消息。多少話，像杯中滿溢著的千層百變的花朵，爭湧到唇邊。

是的，我雖然不是土生土長，但因爲我曾長久在她的撫養扶持下生成轉化，因爲我對臺灣有根深的愛，我曾經花了很多的時間深入她的山山水水，去尋訪鮮爲人知的山居和農村，那怕是小路狹徑，我都曾儘量的追尋，目的是要認識中華民國紮根的鄉土的各層面，像去認識摯友那樣，和它們緊結在一起。

是的，我雖然不是臺灣土生土長，這些年的心印使我有足夠的了解向你細訴。可是，此刻看著你一頭的白髮緩緩地拂掃著臉上四十年來時間犂耕的溝痕，像北方的燕麥拂掃著古老的、裂痕纍纍的土地；看看你瞳孔裏反映著殘破的大路上，披放著頭髮和衣絮，弓彎著身，顧不得衣污，顧不得汗滴，顧不得割肉的車帶，拖著滿車的石頭、糧草和破爛，這些流著中華民族血液的同胞，頂著毒熱如蜘蛛的太陽，向著塵翻蔽前路的遠方前進；反映著一路上發霉失修的矮房舍，和破窗偶然流露的一些失神的眼睛。我心中酸湧起一陣熟識的痛楚。熟識，是和三十年前離開中國南方所見的一樣，不屈不鍥地承受著三千年來由一些私慾所造成的歷史重擔；痛楚，是今天這景象未嘗稍改進。在這股甜苦難分的鄉愁洶湧在心頭的時候，老伯伯，我該如何去細說你故鄉的風光好呢？

也許，在你離開嘉南平原，像鍾理和那樣到中國追求原鄉的意義的那個年代，臺灣某些鄉鎮，在日人數十年的蹂躪下，曾經呈現過類似的殘破現象，曾經促使不少知識份子如你，鼓著血緣深似海的感情，突破日人的封鎖，回到大中國懷抱。爲了要從根去興盛中國，恢復她過去的宏麗與壯大，好讓那些鄉鎮在母親的護翼下復甦她們日治以前的美麗。這一個夢，輝煌而遙遠的夢，在離奇曲折得像怪異小說那樣的歷史下，在完全無法預測的編織裏，完成在你欲觸而不可及的時間與空間。

而你啊，忍受著沉重如黑色的閘門那樣的鄉愁，把你的心全盤投注入原鄉的建設裏，爲了一個顫抖在夢的遠疆的將來，那時你在夜中驚醒而感著歷史的嘲弄和頓覺猶疑不定的將來；忍受著某些假著「大我」之詞去擴張「小我」的狂暴的私慾；忍受著一次又一次、海牆似的橫掃中國的運動，和這些運動帶來的傷殘與災害，爲了啊，僅僅爲了要原鄉能解脫苦難而躍騰。

而在此刻，在空前的一次浩刼以後，面對著三千里鄉鎮的傷殘，我該如何向你細說你故鄉的風光？

臺灣的山水，奇危逸異，我曾醉而不欲歸市居；無論是每進如入層層花瓣的梨山和武陵，或是飛升入雲、境外有境的太平山，或是柔細如靜聽松葉呼吸的竹子湖，或是坦蕩如撒紗網的嘉南平原，或是縈廻如緞帶舞動南端北端漁港的海岸，都是欲滴淋漓的美麗。這些可曾是你夢的取向？如果你此刻在臺灣，你還可以看到更多你以前不容易到達的地方。自從東西橫貫公路、北橫公路、南橫公路、北迴鐵路、北海公路、濱海公路，和許多由產業道路改成、無山不入、無谷不達的高山公路，和新建的有村必達、有灣必接的路網一一完成以後，再加上世界級的南北高速公路；又由於不少人有自用的車子，我們很容易便可以到達以前沒有見過的地方，如由水里再攀登上去的東埔溫泉，如南橫公路上的霧鹿，如恆春附近的佳洛水，如以前難得一見的鼻頭角和千疊敷……我那一天要好好的把它們再一次給你細心的描述。啊，阿里山濃得不見天日的林中的穿行，和頓然把我擁抱在宇宙心胸中的雲海！啊大元山峯頂探月，蘭陽溪谷下撥山尋村，何曾不是你四十年來夢中的形影？

至於紮根在肥沃土地的農村，夾在蕭蕭的防風林和那如張曬著長長染布似的菜花黃之間，夾在一些淺水湖和一排排的木麻黃之間，夾在沒有雨也青綠得如水光閃爍的農田和沙河之間，一展無垠伸入海邊；那景象之美，對久居在乾涸的黃土高原的你，記憶的可是一樣的透徹清明？

你還記得田邊黑水牛背上經常站著的那隻白鷺鷥？你還記得雨後溪邊清香一片白的野薑花？你還記得嘉南平原上極目不盡的蔗田間的村鎮被小火車如珠鍊那樣一一穿連起來？你還記得那如潮如浪的北港的花燈？你還記得乘夜趕運到西螺菜市的喧嚷？和喧嚷以後在城隍廟口的種種可口的臺灣小食：蚵子煎、筒子米糕、瓜子鷄、肉丸、鷄捲、貢丸、四神湯、度小月担仔麵……？

我說，我不知如何去說好，是因爲：你聽了三十多年，這樣的傳說：什麼「水深火熱」，什麼「衣衫襤褸」，什麼「路有餓莩」……我不知道你的想像能不能夠跨過你眼前的傷殘和深深打在你心中的錯覺而騰躍到草木盛放、豐衣足食之外已經近乎過於奢華的臺灣？

是什麼歷史的盲目和狂蠻啊，在空無裏設下三十餘年無形的障礙？而在今天，當所有的新聞可以在一兩秒鐘內一覽無遺地呈現在全世界的觀衆眼前的時候，你竟然無法看到一點臺灣眞正的風貌；你看到的，你讀到的，竟是三、四十年前的面影！是爲了補襯眼前的現實？是爲了支撐一個脫離了歷史透視的形象？

我不明白，在你們的三十年裏，風暴與狂潮如何可以在長久凝定不變的時間裏發生？五四以來，我們所追求的不是新和變嗎？不變化、不推進、不翻新、不培植幼芽使之茁長壯大的騷動，爲的是什麼呢？當你的家鄉，負著一定的重量，突圍出來，用最短的時間，用最快的速度，趕上了世界的步伐的時候，你們擔心的危機和我們擔心的危機竟是如此的不同！當你和你的朋友，依著指示，還在暗室中揣測你們家鄉的同胞在缺糧無助的時候，我擔心的卻是他們由於來得太快太多的充裕而發生的後遺症：拜金、物化、異化和親密社羣的瓦解。你可知道，當你和我在一燈如豆的狹窄的小房間談話的時候，臺北繁花似的名牌服飾店、矗天的豪華旅館和一擲萬金的餐室，正是華燈千萬燒亮到天明。當你的一些朋友，滿袖凝露弛滯地在古蹟中徘徊來復的時候，你的鄉親正在分秒必爭地以自己的方式爲茁壯自己而發憤增新知。可是啊，時間的錯亂，距離所引起的角度的差異，不應該使我們錯認民族良知的指標。你們當年到原鄉所追求的意義，和我們所追望的完全一樣——一個充實的新中國，一個新的文化中國，尤其可以和唐宋相提並論的強大的新中國，一個從西方霸權和本土君主專制這雙重控制形式下解放出來的新中國。所以「自由」「開放」的胸懷，是新思想、新經驗、新生活得以再生的先決條件。當我們在借鏡於西方來吸取新質的過程中，或者犯了些錯誤，對我們中國文化精神有所威脅，甚至篡奪中國文化本位的時候，我們必須設法匡正，正如臺灣由於物質生活高速的推進中可能引起的「羣德」的危機，必需要匡正一樣（在臺灣，事實上，這已經被提出來）；但我們也要注意，決不能因爲新思想可能帶來文化的衝突而畏之如虎，甚至閉關自守，甚至用另一種更強烈的控制形式來阻止文化的新生，如此，便無法打開胸懷，用全面歷史的識見去辨別傳統中的恆常價值與其在變化中新生的潛力。

老伯伯，要告訴你你家鄉的新建設，對我，是輕而易舉的事。譬如，農村家庭的電器化，很多已經由一般電視進入個人錄影放映的設備，有不少甚至進入家庭電腦的應用；又譬如服飾之多樣而富於創意；又譬如出版事業和畫廊（包括富麗豪華的大型書籍和價值高昂的現代畫）的雨後春筍；又譬如新文學理論及世界現代名著迅速譯介和討論；又譬如不需要到「自由市場」排長龍去買平時買不到的東西，因爲有太多競相爭取顧客的應有盡有的超級市場……這些，都是開門可以目擊的事實。但這些事實的列舉，並不表示民族價值最後的指標；事實上，正如我曾提到的，這中間的「物質至上」的傾向也含有一定的危機。但這些故鄉事的提出，應該是爲了歷史角度的擴大，是爲了一種換位的認識，也許這個新的角度，可以使更多爲原鄉努力的人，恢復五四給我們的「開放的胸懷」，使更多的待茁長的幼芽能夠從歷史的巨石下掙出來。老伯伯，我對我的同胞有絕大的信念。他們是勤懇的，如果他們不受「領導」的左右而可以放手去幹；他們是聰敏的，如果他們被容許各依其性各當其分的去追尋；他們是具有創意的，如果讓藏於他們心中的鵬鳥飛出。我們原質根性完全一樣，我們有相同的瞻望——關於充實的中國；我們有相同的欲求——欲求爲這個理想的中國而努力，作開放、自由、無礙的參與。也許，在空前浩刼之後，在三千里的傷殘後，你們也會突圍出去，眞正的走向這樣的一個美麗的原鄉？

（一九八三年二月廿二日）

長安，在古代的蒼茫裏

「我要保留那些景象美好的記憶，我寧願不去面對歷刼後的殘破而幻滅、傷心、沮喪；我不打算回去看。」當我此刻，在疲憊的行程以後在子夜裏醒來，要給你寫下我的感受的時候，我的心情是如此鬱結地複雜。縈迴在我腦際和筆尖的竟是我在臺灣大學的一個好友的勸告：「我寧願保留記憶中美好景象的完整。」那勸告也許是完全對的。

但我終究是禁不住那洶湧的欲望，要尋訪那夢寐中的古都的層面。我不後悔來了，來了，在一些古舊的氣息裏，在一些令人欲絕的傷痕中，在那些和我血肉相連、既親切而又彷彿異質了的同胞羣裏，在那些用黃土塗建而成、但又以熟識的姿態擁抱我的農舍中，我更能像白朗寧在外地憶念英倫那樣懷念扶持我成長的臺灣，相似的一句話那樣急迫地奪胸而出：

噢，我多希望現在身在臺灣……

禁不住那洶湧的欲望，要尋訪那許多詩歌、歷史、傳說曾經孕育過我的京邑。作為一個曾經為民族的憂患而結痨和吐血的子民，在這度過了人生的中途而逐漸走向永恒的時候，我禁不住那追尋根源的欲望，終於冒著一些朋友的誤解，和一些難免發生的流言，來到古長安的都址西安，來到這曾經令人驚歎的八百里秦川。

來西安，我心中明白，不是要在極目的傷痕以外，尋找一些什麼明亮的事物來支持一個搖挩不定的幻象。也不是要尋找什麼「飛甍臨綺翼，輕軒影畫輪，雕鞍承赭汗，槐路起紅塵，燕姬雜趙女，淹留重上春」。去者早已去矣。綠水珠樓，金堤翠幰，建章的重軒鏤鑑，長樂的金門玉戶，未央的輦道雙闕，及至梨園教坊，都早已了無痕跡。這，我完全知道。

我來，不是為了追懷那奢華的皇居，和那凌踏在萬民之上的無上權威；我來，更沒有期望什麼奇蹟出現，期望在黃沙翻騰的乾熱裏，湧現一個什麼全新的朝代。沒有。像那些習慣於貧窮和命運鞭打的窰居者那樣，像另一個古都開封，讓任性而喜怒無常的黃河十年河東十年河西左右著它的存在那樣，我們不敢奢望任何刼後的神奇。

我來，是為了去認識那承受著三千年苦難而默默地、堅忍而尊嚴地在生命邊緣掙扎的京邑之民，是要在他們的生活裏找回中國的驕傲，找出那民族之芽，是在什麼樣歷史的巨石下萎曲不茁？我來，是為了認定一個事實：儘管歷史殘暴狂蠻，也改變不了他們和我們所共有的血液、思想和欲望。我追尋的，是曾經合力建築起周、秦、漢、隋、唐等十一個輝煌王朝的人民。他們，他們才是永久不滅的長安。

往驪山的路上

從西安粗壯古舊俄式的旅館走出來的時候，朝雨剛剛把街道的塵埃落定。一陣撲面的涼爽，我彷彿才從昨夜時間纏疊不清的夢中醒來。昨夜抵達西安，我記得，正是臺北華燈初上的時候。由機場到旅館，在微弱的燈光下，左面是楊槐的樹影，右面是一列低矮、多年失修、殘破斜偏的泥屋；一個個暗黑的小窗迅速地閃過。噢，似曾相識的一些人影，圍坐在樹下，或臥在臨時搭架的板床上，或坐在矮木凳上，乘涼或喃喃的不知說著些什麼。噢，似曾相識，彷如三、四十年前在廣東鄉下看到的仲夏夜的街頭那樣。現在的湧現，既是事實，卻似夢境；既是陌生，卻又熟識。是我回到了歷史的過去？還是歷史凝定在一點時間裏？也許是歷史時間突然的重疊吧，昨夜的夢竟是童年和現在糾纏不清的境界；我既是喜悅，復又愁傷，像現在，一陣雨涼把我吹醒，我應該問嗎？是什麼歷史的錯誤把他們凝結在過去的時間裏？我沒有問，隨著輪轉，我默默地走上往驪山的路。在大熱的太陽下，那些矮屋，在苔綠與水漬的堆積下，努力欲白總也白不起來。每隔半里，偶有一所水泥公共大樓拔地而起；但看來有些費勁，彷彿一個太多兒女的瘦母親，拖不動這些矮小的屋宇。

思想正在那裏翻騰的時候，不覺已經離開了西安的主城。城外沙塵撲撲，把多年來著漆的民房塗得更古更舊。我正在搜索著一些新鮮的事物，一些南方不常見的景象，猛然看到「灞橋商店」的字樣：

灞橋情怯

這確是不尋常的情感
當車子出了西安
在毫無準備的情況下
看到了灞橋的牌子
我這個南方的來客
竟然近鄉情怯
千百行熟識的
折柳送別的詩句
突然從記憶的深處泉湧而出
眼前歷歷彷彿是
長亭更短亭
盡是唐宋詩人的勸醉與離人淚

灞水灞橋

我今天可以親睹離情勝景？
在一列列殘破不堪的古舊的小店之後
是逗人歡喜的兩排垂柳
長長的夾著百轉千曲的窄馬路
我該期望亭子呢還是不該？
楊柳含烟灞岸春
我該不該期望烟霧
來完成古代詩人的意境？
烟確是來了
是夾著塵埃的發電工廠的黑烟
柳絮拂衣我該如何語？
站在鋼筋水泥的灞橋上
看乾涸的河床上
遠遠的幾個人影
在挖掘，挖掘的

可是唐宋積澱下來的沙土?

過了灞水，眼前一片開闊，從夾道的楊槐兩旁看出去，是極目不盡的玉米、大形青梨狀的茄子田和未轉紅的大片石榴林。在微帶氤氳的早晨，一些彎身在除草的婦女的影子，啊，和南方的臺灣與土地結合的農村沒有兩樣。但農舍的色澤卻有顯著的不同。南方農舍多半是白牆或紅磚牆和黑色的瓦屋頂；在近十年的臺灣，則增建了大量的兩層高的水泥洋房，除了電視天線林立之外，還常見精緻的小鴿樓。在這裏，因爲是黃土高原，牆壁全是土做的，色淺褐而整齊平滑，屋頂呈帶塵色淺灰，兩個屋角微翹，彷似廟宇。村前麥稈堆散落有致的排立著，成栗形或山形。也許是乾涸的緣故，那綠色就是無法有南方水田的淋漓欲滴。南方，自然的生長自動自發；北方，彷彿還要人工扶持。遂使我想起王維輞川圖的藍田，和許多在長安附近寫的山水，什麼空翠濕人衣等，不知那些綠翠和我眼前所見又是如何的不同?或者說，那些綠翠是否還存在?但更使我想到的，不是過去文人雅士休閒的咬文嚼字，而是在這較爲乾瘠的土地上要付出更大的勞力、要克服自然更大障礙的可敬的族人。君不見，臨潼路上，那獨個兒拉著沉重的農作物，頭頂著熱風，斜身吊腳撐著地面的年輕婦女:

她用力踩踏著的

是她祖父的腳印
她弓張著身子向前拉的
是她祖父弓張著身子向前拉著的
一車子重重的黃瓜
和瓜上熟睡著的嬰兒
像她幼年睡在祖父的車子上一樣
向著鄰鎮的市集趕路
同樣的汗滴
同樣的帶子割入她的肩膀
在七月火辣辣的太陽下
在七月乾涸涸的黃土丘陵旁

年輕的、年老的，用騾子、用肩膀、用自行車，成羣結隊，載著茄子、黃瓜、西瓜、桃子、米糧，或是高到把人遮住、重到把人弓倒到地的貨物，向著大城的街市，向著小鎮的市集，去換取一些私有的餘錢。自由市場的重新開放，讓人們可以在「一切歸公」之外，塑造一點點自己的欲望，這，當然算是一絲曙光——如果歷史的風暴眞的不再爆發的話。但是，這些親切（因爲是似曾相識啊！）而又令人感到酸楚的景象（因爲三、四十年來未曾改變過一分！）我應該如何去感受啊？古長安的子民是偉大的。一千年、二千年、三千年那樣默默地忍耐著，承受著天候、戰爭、人謀的事故，天製的貧窮無情的狙擊。如此的善良、如此的忠實於民族的命途，不怨不艾，而耐心地等待著新生。他們的情感，像一個憨直的村夫，被巧笑多變的城市姑娘所狎弄。古長安的子民啊，讓我們和你們一同肩起這個重擔，衝破這些障礙，重建文化輝煌的長安。

驪中秦俑

朱集義在西安的碑林裏留下了八首描寫關中的詩，其中一首便是「驪山晚照」，詩曰：

幽王遺恨沒荒臺
翠柏蒼松繡作堆
入暮晴霞紅一片
尙疑烽火自西來

烽火，烽火何曾斷啊！我看著這個瞿然拔起的驪山，看著傲然揷天的秦始皇陵，在我血液裏顫抖著的何嘗不是烽火與流血！曾幾何時？才數年前吧，一陣血色的吶喊，像蝗蟲，垂天蔽地而來，把生命，像麥子一樣，奪去了所有的青色。

驪山下的秦俑，那一列列雄赳赳的戰士、戰馬，他們所披的鎧甲，所持的弓箭槍矛，確乎把古代的壯麗的生命重新解放出來。榮耀應該歸於陶工，所有的讚譽也應該歸於陶工。但我們在驚歎之餘，可曾想到多少生命，包括陶工的，同著他們投注入兵馬俑的生命一同沈入歷史的黑暗裏？他們是秦人，是長安人，是把生命交給欲望的烽火來建造宏大歷史的同胞。

西蘭公路（絲綢之路首段）

也許是楊槐樹的葉子
把太陽閃爍得令人眩目
也許是正午的蟬鳴
把陽光顫成割人肌膚的銅片
八百里秦川
頓然如
鑼聲蒙在鼓皮裏
在一片精神虛脫的寂靜下
幾個穿著藍色或紅色粗布背心的農夫

在玉米田防風林蔭下打盹
那些通輸水漕的人
停下來
倚著工具
一如乾陵上的石人那樣
倚劍呆立著
小毛驟趁趄路的人在歇腳
也在絲綢之路的水溝裏臥下
如果此時你還醒著
如我
問：此地風光何處勝？
就隨著我的手指看去吧
一片高、一片低，寂寂無言的
層層向山上升高的玉米的綠葉
和茄子矮叢的後面
好一片梵谷的金黃

麥稈堆如桂林跌宕的山頭
錯著了秋天的色澤
靜靜的散落在晒穀場上
一隻遲來的燕子
含著一根麥稈
飛向迷濛的山樹間
很快便溶入了氤氳綠靄中
色塊參差褐土的農舍裏
就在這略帶乾黃的色塊裏
一絲過早的炊烟的裊動
一下子
把農村再活動起來
水漕的水淙淙流動
打盹的人
醒了
小騾子在主人的鞭打下

拖動著米糧雜物
杳杳的把絲綢之路
走出一些古代的樣子

西出西安，經阿房、咸陽可以直走蘭州、敦煌、烏魯木齊。阿房的名字，難免與人懷古之情。杜牧或有誇大其辭之處，但誰會忘記那雄偉氣象呢？阿房宮，據說「覆壓三百餘里，隔離天日，驪山北搆而西折，直走咸陽。……五步一樓，十步一閣，廊腰縵迴，簷牙高啄。……朝歌夜弦，爲秦宮人；明星熒熒，開妝鏡也。綠雲擾擾，梳曉鬟也。渭流漲膩，棄脂水也。煙斜霧橫，焚椒蘭也。雷霆乍驚，宮車過也。」其氣勢，直可以橫絕關中。雖說「楚人一炬成焦土」，其爲地之靈明，爲城之宏壯，想必仍具架勢。我心裏難免期望看到一些跡象，一如我在墨西哥 Tula 古城仍看見喧赫的圖騰自石城的斷柱躍躍欲出那樣；也許我可以看到一些阿房傳奇性的痕跡？沒想到，在大街上一堆發霉的矮房上方，看到一塊掉下來一半，書法粗糙的牌子寫著：「阿房公社」。這，便是頂頂大名的阿房宮舊址嗎？我該把杜牧的名賦在此刻高聲唸出來，讓阿房的住民做一分鐘幻夢的追尋嗎？但我沒有讓想像飛揚。算了吧，杜牧不是說過「楚人一炬成焦土」嗎？

咸陽又怎樣呢？還有長天一色如雪蘆花的古渡嗎？或者「塵埃不見咸陽橋」的轔轔車聲、蕭蕭馬聲？或者……都是徒然的。地圖上的咸陽雖然不小，可見的也只有一個平平的小鄉鎮中心十字路口的一個小市集罷了。從塵埃凝混著烟屑的情況看來，附近有一些工業的設施，但終究沒有什麼古都的氣象。

噢，都邑也一定要像人生命那樣，生、老、病而至死？它一定不能像樹木那樣，年年新綠重生？如果長安曾是十一朝的王都，它就不能在二十世紀八十年代重生爲輝煌文化的都邑嗎？它必須隨著涿鹿、平陽、蒲坂、鄠、鎬、咸陽、開封那樣一一湮滅，生、老、病而至死？中國近年的病會引向死亡嗎？她會像古都一樣湮滅無痕嗎？

不。

中國必然是日新又新的草木。只有飲血的動物會老死。飲血狂呼的動物必將過去；吸水無言的植物必將永生。讓我們如此相信著。

拂雲的乾陵與土中的生養

在西蘭公路走八十餘公里，入乾縣而爬升向海拔一千餘米的乾陵，主要是俯瞰秦川百八里，跨層層跌落的烟霧微凝的峽谷，看左昭陵右茂陵等起伏不絕的丘陵和古代的要塞。因爲事實上乾陵所葬雖是唐高宗李治和女皇武則天，除了兩排戴冠著袍持劍的將軍石人和一些破斷的石馬朱雀之外，陵墓本身無甚可觀。丘陵是原來的山，不是人工堆成的。從乾陵順著前面兩乳狀的峯闕（一說是武則天的兩乳）看出去，極目無垠的平原，是何等的壯麗，尤其是那盛極一時的漢唐。我站的地方雖然不是杜甫寫秦州雜詩之地，看到的也不是山谷中的孤城，不知怎的，那幾句詩竟有幾分相似：「莽莽萬重山，孤城山谷間，無風雲出塞，不夜月臨關。」也許，在這高得可以拂雲的乾陵上，我想的不是那「青牛白馬七香車，玉輦從橫過主第」的氣勢；我想的倒是「專權意氣本豪雄」下的生民。

事實上，我一路上，看著黃土的岡陵，在一些割切得平齊的山邊，一個個半圓形的洞門，我知道這便是聞名已久的窰洞。沒想到去乾縣的路上有如此之多，洞連洞而成村。對我這個南方人來說，這種把生命全部交給泥土的生活，代表著另一種更深的根的認識。所以在乾陵之側，有一條窰洞的小村，我決心要去看看。但乾陵兩旁顯著地標誌著：「外人拒絕參觀。」我，總不能算是外人吧。我操著南方口音的國語，撞過了警戒線，到了一個古老的窰洞，在繫著一頭耕牛的泥牆缺口邊，向一個歷史一樣老的主人說明了來意。他，用了完全屬於「規定」之外的親切和熱情的口氣，請我們到窰洞內，一面說著，我們的家族在這兩個窰洞（一個住宿用，一個炊事用）已經住了兩百多年了。我坐在炕床上，看著那烟黑、簡單的洞壁，和已經不甚透明的小窗（唯一光線的來源），想著大雪的冬天，一個老人艱辛的走到隔壁，不斷的生火，讓火熱通過坑道透到炕床底，來抵住北國的飢寒，在微豆一點的燈影下，等待長夜後的黎明和雪霽。

他們在泥土裏誕生

在泥土裏成長
在泥土裏生活
在泥土裏做愛
在泥土裏睡
在泥土裏死
天開日出
土開作活
天合日入
土合人歸
看墳起的屋頂
丘陵起伏地
氣通天地
而受命於天地
峽谷外的天律
雲嶺外的人寰
如何知道？知道又如何？

不知道又如何？
屈子鬱鬱而作飛天遊
漢姆萊特爲生死作哲理的徬徨
都是一般的遙不可及
年年天開地合
日日生老病死
在時間的夾縫中
眞正的生活
是不容間斷的勞形

登慈恩寺大雁塔（六五二年建）

像玄奘
每爬升一級
便想著一句西來意
如何可以譯作
唐人可以接受的唐人語

我如今
每爬一級
也想著一句南來或西來的意念
如何可以化入
他們和我共有的血液裏
在高風長河似的通暢的塔頂上
玄奘
在北涇渭南翠華東藍田西馬嵬的方圓裏
想的是
佛經裏一些怎樣的章節
去普渡梨園教坊的眾生
去感化那夜夜高燈的長樂與未央？
倚立在東西南北的拱門窗
打開胸膛承受著關外的高風
我腦子裏
是歷史反覆不斷的翻動

太快了？太急了？太慢了？也許是
忘記了帶老花眼鏡
我找不到可以對證的册頁
抬頭只見一片蒼茫的夜色
如果此時是
長安一片月
一片暖暖溫柔的月
該有多好啊
蒼茫裏
只見幾線丘陵的起伏
如古代的袍袖
把頓覺涼冷的我抱住

（一九八二年十二月）

第五輯　懷　念

儀注辭對合

母親，你是中國最根深的力量

——寄給母親在天之靈

媽媽：

我幾乎無法相信，妳離開這個沉重的世界，已經五年多了。常常在深夜裏，或因備課而熬夜，或因事務而寫報告，突然會擲筆思懷，憂傷處不能自已。但從來沒有像近日或今夜那樣，滿腔話語的潮湧，欲奪胸而出。

不瞞妳說，連我自己都感到微微的驚異，驚異於自己今夜之欲言，因爲啊，自從那些不堪追憶的苦難的童年開始，我們之間便很少談心。妳，妳自從由大城香港小康的家庭到了偏僻的鄉下，在戰火中夜半翻山越嶺去爲農婦們接生，在草寇凶橫的日子裏，穿越荒野到澳門買雜貨做小生意……妳便默默地承受著一切的艱苦和災難、飢餓與憂愁，不怨不艾，擔負著種種的勞累來爲我們兄妹四人和爸爸賺取生命的條件，或許是這種含孕著生命的深度的沉默，這種不需要語言去矯飾去說明，我們便完全深感到充滿著愛的沉默，這三、四十年來，妳幾乎沒有一次用悲傷或憤怒的語調向我們傾訴妳心中的愁傷，妳一年一年的爲生活而奔勞，吞含著種種奚落，忍受著種種的病痛和煩心、傷心的事。或許是這種含著愛和生命的深度的沉默和忍耐影響著我們的思想，我們年來也沉默寡言，也懂得了忍耐，每遇不遂心的事，也像妳一樣，把它吞含在心的底層裏。我們又何忍在妳那傷神密結的層網裏，投入另一團亂麻呢？也許，這便是爲什麼這麼多年來，我們都沒有互訴心中的塊壘。

我說，我微微驚異於我今夜執筆傾訴的欲望，事實上，我這傾訴的欲望是帶著深深的內疚的。我爲什麼沒有在妳離開人世之前，把我目前的思念和話語全然傾出呢？這些話語，雖然平淡無奇，但在妳長久的孤寂裏，或許可以激起一絲快樂。妳是知道我平日極其思念妳的，但在妳那四壁沉靜的心室裏，如果偶然迴響一些兒子的慰語，那會有多快樂啊。而妳的兒子，卻長年流徙在外，在紛亂的世界中自私地追求生命的意義，而竟然不知道，生命最偉大的榜樣就在眼前，就在我的血脈裏，那便是妳啊，媽媽。請原諒我多年的沉默。妳的沉默，我的沉默，像深深的祠堂裏的兩口鐘，竟要等待狂風暴起才微微顫響相同的信息。

我忽然在近一年來及至今夜裏，洶湧欲言，或許是因爲，有一天，當我在瀝瀝的雨中，蕭索的樹的拍動裏，站在妳現在寄身的沉寂的廟堂前，看著無可奈何地升起的燒香的嬝烟時，忽然地成長了，像妳當年一樣，進入了妳那不堪記憶的層層穿織密結不通的煩憂的網中，初次感到生命最深的認識，初次感到中國最根深的一種力量自妳偉大的沉默和忍耐中躍起。

可是，假如當我那年，第一次接觸到由於內戰，由於流徙，由於空間的切斷而產生的文化的焦慮和心理的游離不定的時候，我曾向妳細訴（雖然當時弱小的心靈未必有足够的表達能力），或許，妳那時，用妳深邃的經驗，便可以化解了我以後二十年來對生存文化意義的追索。

妳必然一度驚訝於我之走上了文學這一條路，一個曾經嘗過日本的炮火的碎片，忍受過飢餓、貧困和幾臨絕境的恐慌，吃盡了香港那種複雜社會裏中國人之間的冷漠、仇視和疑懼的少年，竟然會選擇了文學，而且選擇了已經被科學實用主義影響下的國人所逐漸鄙視逐漸遺棄的詩，妳必然很震驚。那時的妳啊，很可以像許多父母一樣，勸我、訓我、責我，促我放棄這種被世人視爲空中樓閣屬於幻夢的東西，很可以像許多求實用的父母一樣，迫我選擇實學實用的學系。但，妳沒有說什麼，妳只藉著妳作爲護士的實際經驗，說了一句：「也可以考慮讀醫？」便也沒有追問下去。妳默默的讓我追尋我自己能够完全體驗、實證的生命的意義。如果當時的我已經具有我今日的經歷，我或許會用魯迅話來說明：中國人需要治療的是心，不是身。這並不表示說我有魯迅一樣偉大的抱負。當時的我只是模模糊糊的直覺到由於民族流離、思想切斷、思想錯亂所引起的中國文化脫臼以後的危機，我感到而不了解，我甚至沒有魯迅那時棄醫從文的覺悟，我冥冥中覺得現代中國人的憂患必須要通過我自己對這憂患所進行的歷史的認識、哲學的思索和藝術的體驗去掌握，掌握了這個憂患的實質，或許我們可以在傳統和現實切斷的生活間重建文化的和諧感，而我在日記裏寫詩，在給友人的信札裏寫詩，全是這些問題的探索。

我這些試探，默默的，不計歲月。我沒有對很多人說，更沒有對妳說，不是由於故作詩人的驕傲，而是在紛亂未成秩序之前，我能說些什麼呢。我甚至不知道，我的追索是否會落空，我不知道我的努力是不是一種理想主義的活動。但我確實知道一件事，那便是，生命的意義必需由自己藝術的經驗和思索去印證，卽使是有錯誤，也必需用經驗來改正，我們不能隨便生活在別人的座右銘裏，生命的意義必須在我們藝術和生活的融匯調合中生長出來。

我當時也無法在我凌亂的思維中理出一個頭緒來，事實上，現在可以證明，這並不容易，因爲如果我可以在那時在此刻可以理出一個頭緒，那便是爲現代中國脫臼的精神找到了方向。因爲，我雖然從我自己出發，我追索的不是我自己個人的問題，因爲我了解到，如果沒有了中國的完整意義，便沒有了我自己。

由是，我覺得，我很早便有一種固執，那便是對中國的信任和愛。現代中國，在空間被切斷，歷史被糢糊，實體被氣化以後，一直在她的子民的懷疑中顫抖推前。我無法像許多中國人一樣，把中國的落後和部份的弱點，看作一種羞恥來背負。爲着肯定中國特有的文化形式，美感的風範，她和太初的和諧無間的呼應變化，我曾用種種的方式，作種種的追尋，用五四給我的開放性的批判精神，用西方各種發明性的表達形式，用傳統哲學的透視，企圖重現一套完整的活潑的生活藝術的情態，而在這個過程中，曾經興奮若狂，曾經憂鬱欲絕，曾經傷痛如焚，也曾經惘然若失，而終究因爲那早年的固執而持之不墜。尤其是，當我再一度被迫離開我熟識的空間和文化的中心而流徙到外國的時候，這份對中國的固執的愛，忽然昇華爲一種無比的力量，把我推向新的領域，使我更清澈的認識到中國深層文化的美學形態和這形態所能在現代中國復活的民族風範，是這種固執的愛使我逐漸剔除了試驗過程中所帶來的累贅與錯誤，逐漸可以重返一種眞率與質樸，把華麗脫爲一種力量。是因爲對傳統信任，傳統才給我一份光。使我明白和諧、默契原是來自我們自己，來自最純樸無私的自己，這些無私的自己便是傳統親密社羣的基礎，是由鄉土中國直貫高層知識體系的光輝。

就是在這個追尋、失落、復得的突然清澈的了悟裏，如深夜裏突然擦起的一根洋火，這個光輝，這個體系，這個我二十年來追索的生存文化的意義，便是具體的妳啊。妳便是中國根深的力量的實質！我竟要環追曲索如此多年！

不是兒子爲了彌補自己的內疚才說這句話的。讓我冒着激起妳心中的愁傷來重敍妳給我近乎禪悟的啟示。妳記得，是妳婚後八年吧，爸爸便突然雙足無力而癱瘓在床，一個曾經叱咤風雲一時的英雄，突然因爲一種外來的病患而任歲月一刀一刀的慢慢折磨，他心中是如何的難堪，他對命運那能不怨艾！是的，爸爸時常暴燥，有時無理，但妳啊，妳擔負著一切的艱苦、災難、飢餓、憂愁，默默的，用那深得無法量度的耐心，一年、二年、十年、二十年、三十年、四十年，沒有一次用悲傷或憤怒的語調怪責爸爸。深不可測的同情心，深不可測的愛，我們無法比擬的了解。爸爸的殘廢，是一種外來的命運的傷害，妳完全了解，由這完全的了解，妳發揮了無條件的愛心；由這完全的了解，妳發揮了比天長比地久的耐心耐力，敵住一切的逆境，爲我們創造了美麗豐富的將來。中國的土地，好比我們的父親，受盡了外來的侵害而變得傷殘，妳的信任和愛使爸爸忍受了四十年的無助而存在，妳的信任和愛，也就是我後來對中國的愛和信任的固執。而妳忍受一切逆境的耐力，也便是一千年來、二千年來，中國人民的耐力，忍受著無盡的飢荒、戰爭、水災、旱災……像艾青詩中那用著一頂破的斗笠，披著一件爛的棉襖的農民，頂著北方隆冬的風雪，向永恒推進……。

媽媽，我今夜滿胸話語，說也說不盡，不管我如何說啊，都會把妳的形象減少。我的文字無法表達妳偉大的沉默中所含孕的生命的深度，和中國的滿溢著我胸膛的歷史。

兒　維　廉

一九七九、八

一個「中國的海」

——思懷歸岸了的浩海・歸岸

一

早晨是微寒的早晨。陽光明亮。四周是簌簌的尤加利樹林，雖然略欠綠意，但頭上一圈碧藍，我們坐著的木板、木桌、木椅濺起一扇陽光，空氣是祥和的，甚至有些暖意。一個星期二的中午，我和學生們在校園酒吧的室外，正在熱烈的討論著西班牙詩人浩海・歸岸（Jorge Guillèn）的一首柔細得幾乎無法觸撫到的抒情詩：「細緻的春天」。好綿密的詩意，敏銳，確切，彷彿春天在一層幾乎看不見的紗帳裏隱約可感而又摸不著。詩人是這樣開始的：

當沒有側面的太空用一朵雲
總括了

它無垠不定流盪的游離——
　岸在那裏？

太空沒有形體，沒有邊緣；說它沒有側面，好像是給它一個形體而又不是。我們似乎可以感著一些狀貌，而事實上，它是無涯的無。無，而因著一朵雲，而有，是「無」的「有」。鳥鳴而覺靜，雲現而覺無。無而靜，靜而動；或因雲而覺「無」之游離，游離流盪，可有方向？可有崖岸？「岸在那裏」。因岸而覺河

當河用它彎轉不盡的行程
　恆定著自己
一線一線的，畫人那樣，摸索著
　它自己的結局

不僅是太空無法狀貌無法界定，則河，有岸有邊緣的河，在它無盡的轉折和流展中，一則好像是永恆的流動，一則卻無法預知它「畫圖」的結局。誰是那河的「畫人」，一彎一線的開展下去？又是誰送出一朵雲，總括了太空無垠的游離？由太空到河，由河到水，而水

當墨綠如玉石的水
在顫動空氣
模稜兩可深不可測的反映下
把魚羣否定……

太空深奧不可知，河流遠去不可量，水深邃渾厚如玉石，像我們在空氣的顫動裏而感著太空的存在，我們在魚的「缺席」裏，在空氣的反映裏探知水的奧秘，自然與生命活動的奧秘。也許有些落實熟識的事物與活動

當早晨緩緩地指揮著
排立的羣樹——
感謝那複葉間閃閃爍爍
漫開的流痕——
協助那步步轉折的推進
把天空
在微風下溫柔的波動

帶入和聲的合唱
用移行時如此跳躍的泡沫
如此銳利的划動……
在划者快速搖動的槳間，看
那細緻的春天！

中國傳統詩話中常常告訴我們：寫「愁」而不著一個「愁」字而處處覺「愁」才好。寫「春」最好不要像六朝吳均那樣：

春從何處來，拂水復驚梅……

說太空不能狀貌，一朵雲給了我們一些提示。春的顏面呢，原也是看不見的，正如「氣象」之無象，但可感著。風看不見，而在簌簌聲中、在閃爍光影中見之，或因著一面旗的拂動而形體態。春要來，足音細，動作遲緩。春一到，葉展、花開、魚躍、槳擊……由細音、緩步、游離不決到最後跳躍的泡沫和銳利的搖槳，自有一種我們無法量度而可以感著的律動，雲的移動，河的流瀉，風的颺起，葉的閃爍，船行的流痕，天空在水影中的波動，那氣氛，那律動，有一定的節奏，在它們和聲的合唱裏，春已經來了，在我們不知不覺中到臨了。搖動的槳，突然的明徹快速，就好比我們頭突然一轉，啊，看，花開了，而宣說，春到了。

講完了這首詩，走在校園猶甚猛烈的寒風裏，心中有一種溫暖，而想著他其他的詩，都是那樣細緻地領我們進入「無窮」有與無的感受裏。想著，今年夏天，也許我可以再次見到他，再和他談詩說詞而漫入廣濶的太空。

那天下午，在系裏一個不甚愉快的系務會議裏，一個同事走過來，在我耳邊低低的說：你的朋友浩海已經歸岸了。

二

浩海·歸岸是我爲 Jorge Guillèn 音譯的中文名字。

在一九六八年的早春，在南加州的聖地雅谷，陽光是地中海的陽光，走在海邊，海水像天一樣透明的藍，樹花草花都已熱鬧地爭先開放，把一些常綠灌木襯得分外流亮。這些陽光，這些透明的光影移行，把白熠熠牆壁和閃爍紅瓦的西班牙式建築，彷彿由水裏提昇出來那樣鮮明潔麗。就是在這樣神采意氣都風發的早晨，在一個潔亮無比的房間裏，對著金黃的桔園和爬藤上密集的串串搖盪的紅花，我的同事克羅德奧·歸岸（Claudio Guillèn）把他的父親，西班牙的大詩人 Jorge Guillèn，介紹給我和慈美。歸岸氏是以加州大學特設的「榮譽校董教授」身分來聖地雅谷校區小住，作詩朗誦和演講。

歸岸氏生於一八九三年，比格西亞・洛爾卡（Garcia Lorca）、大馬索・亞隆索（Dàmaso Alonso）及諾貝爾得主維桑德・亞歷山大（Vicente Aleixandre）大五歲。歸岸氏生活素樸，不似洛爾卡那樣壯烈多姿，所以英語世界知道他的詩較知道洛氏的爲遲。但在過去三十年間，他的詩在影響歐、美後期現代主義的詩人來說，都在洛氏與亞氏之上。我們只要從一九五四年美國選輯出版的「頌歌」（Càntico）的譯者羣來看，便可知道他的影響力，譯者都是當今美國的名詩人，包括 James Wright, W. S. Merwin, Richard Wilbur, Stephen Berg……等。原來的「頌歌」是一本大書，有三百餘首詩之多。該書被稱爲與梵樂希、葉慈、里爾克一樣的偉大。在這裏我不打算作評論式的敍述，我只想記一記我對他的印象和我們的交往。

在他來之前，我已讀過一些他的詩。那是在一九六三年，我在艾奧華寫詩和翻譯現代中國詩的時代。在這之前，推得更遠些，在我開始寫詩之前，還在香港的時候，我曾譯過數首洛爾卡。現在讀起歸岸氏的詩，竟是如此的不同。洛氏的詩，像他的「血婚」那樣，是屬於激情的。歸岸氏則多半是平靜、平和、細緻、緩慢的顯露。他的詩像馬札鐸（Antonio Machado）和希曼尼茲（Juan Ramōn Jimenez）的詩，有一種與自然共唱的肯定與和諧感，尤其是在「頌歌」的作品裏，更是字字點逗自然活動的氣韻。也許是這種肯定自然、任自然發聲的質素有些接近中國山水詩的意味（雖然景物不同），對這次的見面，我有相當程度的興奮。見面之前，我記得我想過下列一些問題：他對自然的看法，他對無限的思索，是宗教式的還是一種泛自然的觀點？他有沒有對「精神錯亂式的現代經驗」作過美學的凝注？我覺得我們有許多話可以說。

果然，整個下午在克羅德奧的家，第二天整個下午在我家，我們實在是所好相同話頗投機。從他那裏，我知道，他模倣過中國詩，是通過一些英譯的作品（因爲在西班牙那時還沒有可讀性的翻譯），他對中國古典詩的境界確有相當的吸引。由是我便轉向自然的問題來，我說：「一方面你詩中自然的活動，起碼物象流露的過程和顯現的方法，親切而明徹具體，有時頗近中國自然詩，但另一方面，你對『無限』的思索卻又極有基督教義的宗教意味，你詩中對自然事物與『無限』之間是保持著怎樣的一種關係？」他的答案很典型的出自西班牙宗教傳統形而上的思索：「人是通過與超越事物的存在接觸才了解他自己，他不斷發現自己總是被牽連到一些無盡地超越他的事物上。」這個超越的存在的靈感當然是來自神的思索。但歸岸氏在感受中有一個完全相異於宗教的抽象思維。他繼續說：「Càntico（頌詩）這個字已含有宗教的情操，但我的詩，事實上，是對生命各層面的肯定，對現實，對地球上的現實的一種信念。這個世界上的事物以它們作爲事物的眞相呈現在我們的前面，滿溢著它們的存在的全部質素，依著它們的名，忠實於它們的本質。這些事物美不美猶在其次，重要的是它們的豐盛，因爲甚至在地球上最卑微的事物裏，都存在著這種豐盛，他們本身怎樣就怎樣出現……這樣一個觀點自然會要求空間中事物很直接的出現，而落實在現在裏。這種自覺既是要求事物的靈現，而所謂『超越的存在』也就必需發自毋庸爭辯的直接的瞬間，這在瞬間裏，我們追尋的不是衝突，而是最大胸懷的應和，唯有『現在』才是眞實的……」如此說來，他頌讚的目標倒接近道家所重視物各自然「依存實有」氣韻生動的呈現，起碼是近乎近人海德格所鼓吹的「請物進來，好讓它們向人們見證它們是物之爲物……物物之生，物展姿、形態、成世界。」

我們如是討論著，參證著，同時給他看一些中國的山水詩。歸岸的詩、中國的山水詩、道家美學、現象哲學當然有很多細微的差別，在深層裏甚至有根本不同的地方，但在物我的親切裏，在觸發我們迴響的物象的活動上，又竟是如此的接近，都是在名與實之間的結合與存眞的問題上。

我記得好像就在「名」與「實」的討論上而轉到音譯名字的問題來。我當時說的話原是說著玩的。我說中國人取名字，都含有很深的意義，如「德」「明」等等；我並說，則我們譯外國人名，也時常會賦與意義，如 Pound 被譯爲「龐德」，Yeats 被譯爲「葉慈」之類。這馬上便引起了詩人的興趣，問我他的名字應該如何譯，這一下字我卻要費心思了。平日音譯名字，當然很少考慮到名實的問題，龐德本人是否德龐，並不在考慮之列。雖然艾森豪之符合大將軍這種考慮也不是完全沒有的。但現在有了詩人的靈視和胸懷的了解，爲他音譯時能不能顧到名實的關係呢。我想了一夜，第二天按照 Jorge Guillèn 西班牙語的讀法，決定譯成「浩海歸岸」。「浩海歸岸」不似一般的中國名字，卻接近禪宗一些禪師的名字，如百丈懷海、曹山本寂、雲巖曇晟、風穴延昭等。「浩海歸岸」自然也有禪意。我跟他說，「超越」歸宗「物象」的說法，最接近的是禪宗，在中國的哲學裏，基督教義式的超越是不存在的，只有佛教有這個層次，而中國本質的佛教（禪宗）所倡導的，可能更近他的靈視。他聽了顯然很興奮，口中一直唸著「浩海歸岸」這個句子（我用的是英文的轉述）。

不久，詩人便回到西班牙去。我想著他的詩，想著他的名字。首先翻了他三首詩，「空氣中的馬羣」、「名字」，和「秋・島嶼」，先是登在文學季刊上，後來收入我的「眾樹歌唱」。跟著用詩的方式給他寫了一封信，有關於他的名字的聯想。而他也回了我一首，也是關於「浩海歸岸」這個名字蛻變的傳奇。我的詩後來重寫成中文是這樣的：

1

今夜——
海雷動
奔蹄
永不越界
鋒緣切入
天空的呼息裏
醒來

極靜的天際
　如剪、閉合
團團的黑暗
破裂爲葉
漂浮在
寂
戰顫的臂灣裏

2

醒來
新的記憶已製造
水閘開
向海
　爲更多的界

3

浩海　歸岸
Jorge 這是你的名字

但這有關係嗎？
花　羽　雲
黑暗是聲響
歌唱的
晶石
是白日
遙遠的岩燼
哺養……
雲　羽　花
這些都是你的名字
什麼都沒有關係
海雷動
向岸

而白日破開

（一九六八年九月廿五日寄）

他給我回的詩卻是很哲理性的：

名字的故事

『Jorge Guillèn』，葉維廉告訴我
用中文逐音來說
是「浩海歸岸」

浩海，浩海，「無窮」的形象
沒有止境似的
在波浪的推動裏
展形現姿，它
不知道地球
海，在永不完結的
反抗的波動裏

不，不，隸屬於行星地球的海

回歸向岸
無誤正確地走向岸沿
由是，海是人性的
在止境中確切的海
永不停息的浩海向它的形體完成
一個中國的海：Jorge Guillèn

（一九七一——七二）

一個中國的海，他顯然很喜歡「歸岸」的形象；在有涯的止境中完成它的形體。在前面提到的「細緻的春天」裏，有一句詩在譯文中不能完全顯示其全部含義，該句是「當河用它彎轉不盡的行程／恆定著自己／一線一線的，畫人那樣，摸索著／它自己的結局。」「結局」的原文是desenlace，是含有「解結」（由於河一線一彎的開展出來）和「結局」（河總有一個終結）的雙層意義。在「無限」與「有限」的冥想中，詩人未嘗離開「有限」。而事實上，該詩是落實在一個具實的春天的活動裏。「浩海」與「歸岸」，無限之復是有限，是詩所必然要做的。

三

也不是有意安排的，一九七二年，一個研究的計畫把我們一家帶到巴黎去，剛好浩海的兒子，我的同事克羅德奧在西班牙馬德里主持加大的海外班，邀我們去觀光。此事我有一篇散文：「卡斯提爾的西班牙」記載（見「歐羅巴的蘆笛」一書）。這次，我有機會穿行在孕育過歸岸氏的詩的卡斯提爾褐原上。我記得，我面對著山色有無的赭褐色的平原，延綿不絕地作無涯的展開，在廣漠的盡處，偶然一縷孤煙的升起，才使我們注意到幾所農舍，土褐的屋瓦似乎是赭色的山的一部分，而無從辨別，如果不是那疏落的在遠方巍然獨樹的教堂的尖塔，我們也許不敢肯定遠方城鎮的聚散。這確是一種奇異的空靈；尤其在午後，透明直射的陽光把影子消滅了以後，整個漠原像微微顫動的褐色的浮槎，尖塔的桅拂動著無窮的琉璃的天藍。我曾經寫下幾首詩，其中一首有下面幾句：

萬頃
顫抖的
茫然裏
幾條赭色的線
刻出
一二

粗糙剝落的農莊
若有
若無的
教堂的尖塔
憑
虛
御
風
而不知
那深沈的時間
何所止

無疑我當時是想著浩海的一些詩，但更奇怪的是我也想著蘇子的話。這種空靈，似曾相識。我似乎對歸岸氏的詩有了深一層的認識：也許，歸岸氏所追尋的無盡永恆的精神中心，其靈感是來自萬頃茫然的山色所引發出來的對「無限」的思索。這裏加句題外話，後來歸岸氏看到我寫的這幾首詩，他一眼就看中了這一節，認為很得他故土的氣氛，而譯為西班牙文，收在他後期的詩集裏。他另外還譯了一首，是我的「晨行」。有趣的是，這一首和前一首同是出自中國古典詩的靈感，都是靜境，都是在有限的事物裏點逗無限的嘗試。

幾乎可以預感到的。當我們第二次、第三次見面的時候，他遞給我一些中國古典詩的翻譯（是譯自我給他的一些英譯，包括 A. C. Graham 譯的「晚唐詩選」和我譯的「王維」）。我覺得他已經開始更進一步去探討他的「中國的海」了。後來，由於他年事已老而深居簡出，我沒有多少機會見到他。但每每在聖誕節，我如果詩興來，會給他一首詩代替信，其中一首有邀他共遊江南山色的願望。在我來說，一個仍在「摸索自己的結局」的學詩者，能多聽一個長者的聲音，是生平一大快事。而他，一個巨人，而無半點傲慢，像赤子那樣，像最熟識的朋友，把胸懷打開，把他的詩的世界如此親切地展露給我看，這是何等難得的機緣啊。

今夏，原有歐遊之想，第一站原是去 Malaga 去會他的，不料，他已「歸岸」了。他的走，只是有限形體的消失。雖然他稱他去前還在寫的詩集「最後的編纂」，這個編纂絕不是最後的。他詩的生命，那些親切的聲音將不斷的引向無窮。前年西班牙頒給他一個國家的大獎，這個大獎頒不頒都沒有關係，因為對歐美新一代的詩人來說，他所代表的，已經不是一個獎牌可以涵蓋的。

四

冥黑裏顫動的聲音

——（焚寄西班牙詩人浩海·歸岸）

一個聲音
在極目冥黑的邊緣上
顫動

在那裏爲萬物命名

就這樣，你開始
在那圓周不斷引退的圓上
穿行、歌唱

很有節奏的槳

激破星雲
黑叢叢的樹
一一自兩邊
閃過
緊逐前侶的鳥羣
消失在
風的摺合裏

一個聲音
在極目冥黑的邊緣上
顫動
穿行、歌唱
爲萬物命名

水急漩
葉抖爍

年年的戰炮
把滿月下的果樹麥田
炸得衣衫襤褸
桔子和稻米
被濺射入
星散的高天……

穿行入
那若有若無的天際
一個顫動的聲音
喚著萬物的名字
邀請
花開
鳥互叫
雲流
向那明亮無垠的無

穿行、歌唱
那歸岸的浩海
帶著
陽光的水花
帶著魚躍
無盡地、永遠無盡地……

焚寄許芥昱

我不能飲酒，如你
你知道
我不善高歌，如你
你也知道
但我們常常捧著同胞們的詩
隔著十小時車距的空間
忘我地一同沉醉
望著暮靄沉沉的太平洋
爲彼岸
未能展翼的黃鳥而歌唱
廻山轉海不作難

你在北海角
我在南海涯
偶相見
憑欄把詩
就是一月一年也說不盡
你如此激昂慷慨
把詩人
從書叢中一一喚起
讓他們在深沉的夜裏
在字裏行間
散出民族良知低低的呼喊
傷情處
你說，不要看黑海浮沉的星光
我們走到幽幽的後園
偷看麋鹿怯情細嚼草木
那時你可以一仰數盞

然後把積在胸中的憂國之情
一筆掃向橫掛在天空的宣紙上
像那欲顫破黑夜持久不變的高音
我們總是靜靜的聽著
如耀雪
如明霜
蘆管一樣的長嘯
直是一夜征人盡望鄉
是這樣憂國的情懷
使你把生命投入
疊疊如山的稿葉裏
是這樣憂民的呼嘯
促我和其他散落他方的征人
廻山轉海不作難
走向你的生活
走向你的工作

就爲一份泣血多年的情感！
啊，山崩地裂
誰料到响雷
不是催生的春雨？
垂天的黑幕
如閃電
把宣紙切斷
把高音黯滅
這冷不提防的突擊
叫我們如何去
把空間重排
使時間重聚？
我們來不及傷心
也許
在它來到之前
我們把它催發爲

你新的生命，新的長嘯？

（一九八二年一月十二日）

與芥昱的交情，論久，輪不到我，論深，也輪不到我，我和他雖心儀已久，認識卻還在一九七五年於墨西哥城，以後因爲居住的距離不算近，他在三藩市，我在聖地雅谷，也不常見面，但和芥昱認識的朋友，必然有我這首詩中的情感，因爲芥昱，是眞性情的人，對朋友坦誠而不傲，對事情，尤其是研究和介紹現代中國文學方面，勤懇、熱心、認眞，投入而不露，對民族的關心，更是刻刻洋溢而不隱，有六朝人盡情盡興之遺風，快樂愁傷皆自然。

在外國，研究現代中國文學的人，誰都不能跳過芥昱的譯著而不顧，他譯的二十世紀中國詩，他寫的聞一多，他的周恩來論，和兩年前集合全美學人編譯的一九四九年來中共的文學，都是他們無法不讀的書。芥昱計畫中還有和中共文學成強烈對比的三十年來中華民國文學的編選，（我們曾想合作編選）和編譯四十年代被歷史遺忘的詩人，這些計畫，可惜都隨著他書房中的珍本現代文學書籍、名畫、和一箱箱分人排好、每月不斷增添的五四以來的資料，一同被山泥埋沒在遺忘裏，說傷說痛，又怎是文字可以表達的呢。

文質彬彬・活活潑潑

——悼吳魯芹老師

老師，我從來沒有覺得這枝筆像今天這樣沉重。在過去二十五年來的文學習作裏，我未曾一刻忘記老師的指示：「雕塑你的文字」；多年來，不管在寫詩，在寫論文，在寫散文，我都不敢放鬆片刻。但今天啊！老師，我恐怕要違反你古典的律法，任決堤的傷痛，像被春水擊傷的魚，擾亂這原欲流動自若的河水；任四瀉的驚惶與悲哀支駛我抖顫的筆和網結如麻的語言。今天，我無法維持你對我在選字選語的期望。

你走了，據說竟然像翻一頁書那樣輕易，無聲，幾乎是無言地淹滅。你走了，一個越洋電話，在我們毫無準備的情況下，像一種看不見聽不見的震耳欲聾的雷電，割切入那果核的深心，五色紛亂，五音互擊地，我已經無法把定表達上所需要的靜止。多少年來，對於生死變化，我曾誇耀一種哲學家的智慧，說什麼大化卽大美。這些啊，都是閉門造車的麗詞。今天，我怎麼樣也不能夠佇立在大變大化之中，說什麼生死循環乃自然之律法，因爲啊，你的走，對我來說，是急促的白馬搶奪了你的（但也是我們的啊）還未走完的行跡；你的走，是一種無法量度的、永遠無法恢復、永遠無法再造的損失，個人的，民族的，整個文化的。割切是如此的突然而冷寂，震幅是如此的龐大而瀰漫，我一時不知如何可以抓住一個意識的中心，把你那必需而且必然要持續的精神生命，用一個發光的字，把它放射到永久的天藍裏。

才不過三天前吧，在我離開加州踏上回臺北的飛機之前，慈美、蓁、灼和我還提起你我互相失約的事。爲彌補我們最近二十年各自被生活隔離所損失的時間，你我相約要多見面多交談。我需要你進一步給我啟迪與推化，我更希望可以逗你重新爲文學理論、爲中國思想轉化的問題而執筆，去引領更多的人去培養像你那樣高度的文學人格。我們說，既然過去因爲人在香港已損失了兩年，冬天一定北上三藩市來看你，你們也說，今年春天南下聖地雅谷來看我們。而我啊，竟然把自己放逐在時間之流裏，任許多不相干的事物推移而一再延誤。後悔，只是更深的一層黑影與悲傷，晚了一步就是晚了一步，時間已經無法逆轉。

由是，我更加珍惜那段日夕相處的師生的日子。雖然在臺大的教室裏，我只有一個學期聆聽教誨的機會；在這半年裏，你雖然只講了六位西洋文學批評家的理論。但那短短的半年的教誨，就够我一生汲受不盡。我說的已經不是量的文學知識的問題，這些，我們可以在書本裏蒐集；而是中西精緻文化融滙在你個人文學人格裏所發散出來的氣質與風範。一夕語，我便被從根從質地受到了潛移默化，我不知不覺地推動自己去追求體現這樣一個文學的人格，我知道我至今離開那理想還很遠，但這個追尋曾經給了我無限的慰安，在困難時曾經給了我強烈的持護力量。老師，如果你容許我給你一句讚語（啊，你始終是那樣的謙遜而拒絕接受讚譽），你是我所認識的學者中最眞實的——言行合一的——最輝煌的儒家的君子，文「質」而「彬彬」。我眞希望你爲我兩個孩子取的名字，葉蓁、葉灼——其葉蓁蓁，灼灼其華，也能有一天走向你所代表的、活潑潑的，意氣風發而不帶半點形式主義的「文質彬彬」。我想我的同學，你所有的學生，其實，你所有的讀者都會同意，你的散文，你的論文，或諷諭，或責難，或再現別的文化的文學人格，甚至到一般的記事，不只令人覺得字字精確地讀來暢快爽朗，而且你文學的胸懷是如此的深廣開闊自由而活潑，讀來無不刻刻引人去學習去模仿。是的，是這文質彬彬在風格上的實踐使我刻刻的提醒自己，文字不可以暴戾，語態必需溫文。至於「活潑潑」，卻是我要追求而沒有達到的一個永久的理想。

你走了，我痛傷，痛傷失去了進一步受薰陶的機會。但我並不沮喪，你在停筆二十年以後，爲了追回失去的文學時間，在短短四五年中一口氣寫了數冊的文字，用一股年輕人都沒有的勁，把那深藏了這些年月的酒香，一下子毫不保留地灑給廣大的學子，使他們能像我一樣，受到了根與質的催化。你走了，你輝煌的文質彬彬的生命將永久地、活潑潑地在我們的身邊。

（一九八三年八月二日）

麋鹿居的辭行

——辭麋鹿居的主人我的老師吳魯芹先生

麋鹿
請你們像往常一樣
從山谷的晨霧裏
漫步出來
圍到你們好主人窗下的欄杆前
鷓鴣鳥
請你們啣著朝霞
拍動著樹葉和草葉的香
比翼飛來
停在你們好主人窗前的枝頭

松鼠

請你們暫棄地上枝頭間的戲逐
乘著泥土初發的清郁
齊齊聚合在
你們好主人的樓梯前
聽我說
今天你們的好主人要走上
一段漫長的旅程
在無聲的睡眠的甬道上
追尋他更深遠的生命
離去，他說，使他唯一放不下心的
是他再不能每天早晨親身地飼餵你們
但你們可不要擔心啊
他已經準備了很多很多豐盛的糧食
請你們像往常一樣
來到他窗前分享

這樣，他在那遙遠的國度裏
便也可以安心歡快地旅行
麋鹿、鷓鴣、松鼠
離去，他說，你們絕不能鎖眉啞調啊
他要你們像他往常那樣
戴著他的小帽子輕快地
進出樓房上下樓梯的樣子
他要你們像往常一樣
濯足試水鼓翼攀枝
因爲這是你們的好主人
最愛看的晨舞
就請你們像往常那樣躍動
陪你的好主人
走到他遙遠的旅程上的第一個長亭
麋鹿、鷓鴣、松鼠
讓我們帶著他永久的輕快與微笑開始……

（一九八三年八月三日）

未竟之業

——悼美學家朱光潛先生

一代美學家朱光潛先生大業未竟便離去了。我心中惆悵傷愁。有一些是個人的感受，但有大部分是爲了現代中國的損失——尤其是爲了他欲突破中西方哲學美學的瓶頸的大業未竟的損失。

個人的惆悵傷愁，是未有機會爲自己美學追尋上的瓶頸向他請益。因爲歷史意外的阻隔，我未能聆聽過半次先生的講授；仍然，在我心中，他始終是一個導師。像許多與我同齡的朋友一樣，我們不少對藝術的感受，美感的認識，是醞釀自他早年的「文藝心理學」（一九三一、一九三六）、「談美」（一九三二）、「談文學」（一九四六）等書。至於我個人由創作而進入美學的探究，雖然不能說完全由先生作品裏得滋養，但毫不否認的，是由他通過中國美學對克羅齊「直覺表現不分說」的印證與挑戰所激發。在我做學生的時代，曾經有一篇論錢鍾書評克羅齊的方法（即「談藝錄」中論克羅齊的片斷），便是參照了朱先生和宗白華的論點而寫的。（該文沒有發表，是因爲我對克羅齊其他未曾英譯的論文沒有足夠的認識。）

朱先生從一開始便主張「主客統一說」，可以說是和歐洲近百年來「迎、逆」康德所產生的現代哲學是同步調的；而朱先生因爲沒有西方哲人的包袱，因爲他可以從中國傳統中一貫所主張的「主客渾一」的美學據點出發，很可以呈現一套解決西方哲學美學瓶頸的理論。

但他這個重要的起點遇到了三十多年的外來的打擊，尤其是一九五八到一九六二年間，他曾爲馬列思想者大大的鞭韃，罵他是唯心主義者。文革以來，他大部分時間處於沉默、無言的狀況。此間有一個長者曾經告訴我，我們退守臺灣時，政府曾派專機去接朱先生來臺灣，但不知什麼陰錯陽差的歷史反諷，他沒有被接來。如果大師當時便到了臺灣，朱先生正湧溢不絕的思想，可以成爲世界哲學、美學的領導，而我們這一些後輩，則更不必走很多的冤枉路。歷史的意外，歷史的反諷，是如此的作弄人！

朱先生的潛力是無限的，即在他受到種種限制的二十多年裏，他也默默地去寫他的「西方美學史」，譯黑格爾，重譯重注馬克思的「經濟學——哲學手稿」，而進而翻譯及研究克羅齊的老師維柯（Vico）的「新科學」，而在那裏發現了可以解決中西方哲學上的一些問題，尤其是可以補正馬克思歷史哲學之不足。

朱先生是一個有心人。在這裏我想記他兩篇文字事件。我說「事件」，是因爲他這兩篇文字都是希望能在大陸當時「卡死」的思想框框中做些突破的工作。第一件是，在一九七九年，他首先發難寫了一篇對下層結構（經濟基礎）與上層結構（哲學、文學、政治……等）必然關係的質疑。本來對這個關係的質疑，西方後期的馬克思論者早已開始，討論得最好的，我個人認爲是巴克丁（見 Bakhtin 用 Volosinov 名字發表的 Marxism and the Philosophy of Language）朱先生對西方的論證本來就知道。但他所處的三十年來，大陸所奉的則是「庸俗的馬克思主義」，把下層結構和上層結構之間看成是完全機械的關係，卽某一種經濟基礎必然產生某一類思想與形式（如資產階級必然產生墮落、頹廢的文學、某一個階級只會說那一種語言）。朱先生那篇文章的論點，和新馬克思論者一樣，認定上層結構對下層結構有一定的影響。這個論點，朱先生做得很細心，很謹愼，同時還引用了俄國已有的論證。他這樣做，是爲了突破中共卡得死死的框框，而設法把被放逐了三、四十年的美學的考慮、形式問題的討論、藝術性的思索，重新納入批評的領域。

第二件事，卽是繼之而發表在「美學」雜誌上的「經濟學——哲學手稿」（收在「美學論集」）。他在這篇新譯中做了很詳細的註解和演義，目的是要把馬克思的模子儘量擴充，擴充到被當時中共排拒在外的理論和立場可以重新獲得呼吸的機會。

我們必須要了解朱先生當時的場合；在他的場合裏，正如其他的批評家一樣，直斥毛式馬克思架構是不易辦到的。這樣我們才可以完全領會朱先生用心之良苦。

朱光潛先生在一九八三年到香港中文大學講的「維柯的『新科學』及其對中西美學的影響」，是很重要的一篇文字。我剛巧離開中文大學而未能進一步向他請益，是一大憾事。當時鄭樹森教授在場，並曾和他對話。先生對過去作了不少的回顧，基本上堅持他一九四九年以前的哲學美學立場。這篇對話，據鄭樹森說，必須要待塵埃落定始可以見諸世。

維柯對西方結構主義後起思想有很重大的啟發。我們可以從海頓・懷特（Hayden White）的文字看出來。懷特是「後設歷史學」（Metahistory）的主要發言人。他認爲很多歷史的方法都是受限於某種意識型態的需要而發明的，所以，所呈現的歷史是有缺憾的。後設歷史學便是對歷史方法與歷史哲學的質疑。在破解了傳統歷史哲學和方法以後，如何去了解歷史的成形是一個大問題。懷特在維柯的「新科學」裏找到一些啟示。在這裏我無法細論懷特與維柯之間的辯證關係。作爲一篇紀念朱先生的文字，我想指出，他對維柯的發現可以和懷特的互補。現謹錄一節以見一斑。

> 笛卡兒的口號是：「我思故我在」（Cogito, ergo sum），笛卡兒是輕視歷史學而片面從物理學和幾何學來構成他的「方法論」………維柯提出相反的口號：「認識眞理憑創造」（Verum factum），用簡單的話來說，就是認識到一種眞理，其實就是憑人自己去創造出這一眞理的實踐活動。因爲認識的本原是一種詩性智慧的活動……這樣，認識並不只是讓外界事物反映到人心裡來，人心本身對認識還起更重要的創造作用，這對流行的「反映論」是一個致命的打擊。

朱先生提出維柯這一層面（他還提出其他層面，現暫不論），正是對西方實證主義以來知識物化的批判和對詩性智慧活動的肯定。與懷特對維柯論中「說話行爲」（speech）特別的重視，其意義極相近。

在我們懷念朱先生離世的同時，我覺得國內應該把他的全部作品整理出版，我們不妨包括中共對他的批判和他堅守原則的辯解。朱先生的哲學美學，將有助於下一代對歷史問題更深刻的思索。

有花香和音樂的旅程

——焚寄岳父廖學義先生

那天帶著安邦弟向大馬鎮的北部行車，一心讓他去看前幾年您來看我們時去觀賞過的漫山遍野都是劍蘭的龐圖小鎮（您用臺語戲稱爲博士）。再沿山路東行，去尋那新的試酒場，因爲我曾告訴過安邦，您第一次來的時候，我和您乘夜車到聖・荷西附近的農場參觀時，曾一連試飲過很多家酒廠，醉翁之意當在酒，別是一番風味。我告訴他，連不嗜酒的您也曾飲得笑逐顏開。我們那天找不著那新的試酒場，便沿路向他指述山坡兩旁日本人經營的番茄農場，這些都是您曾一一觀察過的，包括朔蘭拿灣附近的溫室蘭園和康乃馨，以及開之不盡的斗大的海棠花，有好一些都是曾經使您愛之若狂的品種，您每次都要搜羅新樹新果新花，介紹到臺灣來。您這脾氣我們都熟知，所以有一年在巴黎，我們看到許多新的蜜瓜，我們不管好不好吃，也買了一大堆，就是要把瓜子寄給您。能把新種栽培成功是您最快樂的事，臺灣現在許多新的菜，新的瓜，新的水果，如無子西瓜、許多飯店裏的草菇和梨山的蘋果，都是您第一個引進臺灣來的。我還記得，您那次在

Riverside加州大學園藝系裏看到了一棵開紫花的鳳凰木，您喜歡極了，一定要取得樹的種子，想把這新的花彩帶到臺灣來，和紅花的鳳凰木競艷。我們終於在我家附近的鵪鶉園裏找到，那花園裏的管理員聽見您是滿腹花草樹木的朋友自遠方來，笑著把樹子送給您，而您更是如獲至寶，小心翼翼的把它護送到臺北去。我前年回臺北在家裏三樓的花圃上看到這行將開第一朵紫花的鳳凰木，想您看著它必有無比的欣快。

那天我和安邦繼續看了許多育苗農場和花店，看那些琳琅滿目用吊籃吊盆做的空中花園，式樣繁多，想您今年如果來看見了，一定會很高興。我和安邦說，你回去後，開一爿如此雅緻如此有想像力的花店，他老人家一定會很興奮……。

那天，只要我能想起的您去過的地方，我都帶安邦去了。最後到海邊的一個城的港口去吃午飯，南加州的陽光永遠是如此柔和的燦爛，海是永遠的湛藍明淨，聖地牙哥沒有絲毫空氣的污染，氣候四季如春，杜鵑一年開好幾次，所以您曾說：老了，到這裏來，弄一個花園休養多好！您是說著玩的，您的心是放在樸拙的家鄉上，也許是爲了這些思念吧，我滔滔不絕的向安邦說起您來這裏時的一舉一動一思一念。我們從餐廳的陽臺上看出去：碧海藍天明亮間，好一艘俊美的白帆船瀟洒的駛入港口來，安邦說要把它照下來，但來不及，一眨眼便消失了。我們沿著海邊依著耀目的晶瑩的陽光開著車子回來，心中充溢著對您的思念，如此的豐滿，如此的美好……。

誰料到，誰料到啊！車到家門前還未停定，慈美滿面焦急痛傷的站在那裏，不知她已站了多久了，只說了四個字：爸爸死了。四個很硬、很重、很沉黑的字，突然變成一個龐大無比的羅蓋，重重的從天上壓下來，使我不能呼息，使我感情上頓然束手無策。

進到屋裏，慈美和蓁已哭如淚人，而我呢，我竭力把時間中止，不去想我們的損失，事實上，我沒有相信這個消息，我無法使自己相信那天早上的思念的影像已經無法回到一個實體。把時間中止，中止在回憶中幸福的時光裏，去想我和您在一起毫無阻隔的快樂的談笑。我的臺語略通，您的國語不暢，但我們從未曾因爲語言的障礙而缺乏思想與情感的交通，起碼在日常生活的接觸上，我好像比你們親父子談得更多，開得更大的玩笑，我沒有他們礙於父子間的懼怕心理。我們時常出遊，散步，談論臺灣民俗與寫日本的俳句，我的日文程度實在無法敢說可以欣賞俳句的藝術，尤其是介乎俳諧與嚴肅的抒情之間那種俳句；但我敢說，在家裏，除了媽媽之外，最能進入您這一個世界裏遨遊的便是我，因爲您毫無保留地一再告訴我您如何想捕捉生活上的瞬間。您說，您很欣賞芭蕉那首松啊松啊的俳句，您說這話的時候卻是在欣賞與調笑之間，欣賞其對自然豁然開朗的單純的熱愛，調笑其簡單得像兒語。欣賞與調笑便是您在勞碌的生活上追求的情懷。金錢與物質，您曾爲了供養九個兄弟及九個兒女而奔逐傷神，使得他們每人在困難中得以自立；但更重要的是這一份您很少訴諸文字的生活藝術的情意，難怪文學氣味很濃的媽媽對您如此的傾心。

我竭力把時間中止，盡量把忙碌塡入空檔裏，盡量去想慈美臨走前應做應準備的事項，去打電話把一切約定取消，打電話去訂飛機票，把慈美送回臺北以後我要處理的事情重溫一次：孩子與學校的事，孩子學琴的細節，每月要簽寄的支票，銀行，買菜，衣服的替洗，房子的整修……去想這些瑣碎的日常事，是為了不讓空檔把我佔有，怕這突然的損失在我的意識裏變得太明確，一下子會把我擊倒。

竭力把時間中止，去想每一個清晨，整幢深長的房子還浮動在大家睡眠的呼吸的律動的時候，當還未受侵擾的陽光從天窗輕輕躡入，把古色古香的廊柱投影於偌大的靜寂，那時我從三樓下來，總是看見您啊，裹在溫暖的晨光裏，斜倚著寧靜，安祥地品味著早晨的報紙……而現在，現在——

竭力把時間中止，去想您對自然風景的讚嘆，去想那些週末和榮寬、惠美、慈美和我上陽明山，（還記得嗎，您的興緻如此的勃勃，有一天早上四點半便起程！）看花，觀泉，登臨遠眺迷霧中的淡水河，或越過竹子湖到金山的金黃的北海岸，過石門、萬里，入暖暖、瑞芳，出基隆，一花一草一石一浪，都是您胸懷的喜悅。去想您對廟宇古跡的追懷，經大溪上十八洞天，靜聽瀑潮遠市聲。去想您關心農村農事，您和清亮、孝亮，遍足北港、布袋、鹽水到虎頭埤與月世界……。

竭力把時間中止，中止在回憶中幸福的時光裏。但是，我把慈美和安邦一送上了回臺北奔喪的飛機，我便也無法把沉痛的損失和空虛擋住，才發現我曾經一直都很傷心。一個電話，四個字，便一刀把世界切斷，讓充滿陽光的一半流入無垠的黑暗裏，神秘，觸不著，看不見。是一段很長的旅程嗎？旅程上有花香有音樂嗎？我努力去想一首會使您發笑的俳句。但一首也想不起來，好像在這沈重的行程裏，所有的俳句都太輕佻了。我努力去想一首歌，但只想起數年前我爲你們同窗相聚了三十多年的幸福會寫的歌中的一句：旋我們的年輪爲舞，二十年三十年四十年……下面我已無法記起，也不敢記起了，因爲不知什麼時候，我的眼睛已被封住，那竭力幫我把時間中止的腦已汎濫著洶湧的淚水。

‡

三代同堂的和諧都是由您所賜，我們沐浴在其中而沾著「幸福之家」的美譽，我們在困難的時候，您在旁邊扶持著，使我們在風暴中屹立不移，一如您所養育的種子和苗木，我們一一得以茁長壯大，遠播四方，在我們心之深處，永藏著任何語言都無法表達的感激，此刻您雖已離我們羽化仙遊，您的慈祥，您的微笑將長在我們的憶念中，直到永遠。

（一九七六年十二月五日）

在天色黑暗之前我們不回去

我們今天選了你愛吃的粿粽和荔枝，浩浩蕩蕩四部車子向北新莊開去，我們經過了許多綠油油的梯田，爬過了山坡便是引向你現在托身的地方。我們回首一看，兩面環山，俯眺著雲樹不辨水天不分的遠遠的淡水的外海，風景眞美，媽媽說，你爸爸最愛看的風景。是的，是兩年前吧，我們開車從陽明山翻過竹子湖和大屯山而往淡水方向前進，你眞快樂啊，那時，吃著新摘的桔子，你撫松遠眺，陽光把幾隻田間的白鷺點亮，那飛翔多瀟洒自如，你看得出神，好像沉入風景裏。

那一年，那一年我們看的地方最多，而北海一周尤其是你最愛看的，我們專尋小路去，可以看到農村最純樸的一面，譬如從淡水海水浴場附近的一條小路沿海邊的農村開行，那裏有時只有三五農舍便成一村，完全沒有受到工業現代的破壞和污染，我們穿過木橋，數著零零落落的痲雀和蚱蜢，戲躍於稻田的水裏，是如此的安祥。你最愛在這安祥的時刻，停下來看變化多端的觀音山，看雲出雲進，看雨霧翻騰，看大屯山高矗入神秘的雲層裏，偶然回首，雲層傾瀉如瀑布，直灑入黃昏裏。那一年，你對那烏煙瘴氣的臺北市有了相當的厭惡，一有空，便要逃出這個窒息人的塵網，去一些少人到的田野去呼吸山氣和海風。

有一夜是中秋吧，難得我們從國外回來而碰上了這個佳節，我們興奮的驅車到金山海水浴場去賞月，那料天公不作美，先是黑雲密佈，繼而大雨滂沱，所有撲撲撲的機器腳踏車都載著情侶一對一對的走了，把偌大的海天和漁村留給了我們。你玩興眞好，一大夥人唱著，吃著月餅，孩子們到沙灘玩水去，黑雲愈來愈密，月亮是一定賞不成了，突然，沉黑的海角上，一盞兩盞三盞燈在黑水上搖晃，原來是漁船出海去，那眞是奇妙的景色。生活、自然、無涯的宇宙、有限的人生，都在那一刻的無聲中完成，我們靜靜的看著，不知有多少的感動，感動那來自無窮的過往伸向無窮的將來的永久不變的律動，我們在這徬徨的人生中，終有一天會離去，但這一盞兩盞三盞的漁燈，將永久的飄入無垠的黑水裏。

而這些思想，這些美景，我現在也帶來了，連同粿粽、荔枝一同放在你的面前。我是來遲了，我有千言萬語和數之不盡的美好的瞬間要向你傾訴。媽媽說，這裏風景最好，你爸爸一定喜歡。我說，是的，我們問爸爸去，我們便默默的一件一件說給你聽，你聽見了嗎？你看啊，我把慈美、蓁和灼都帶回來了，你看蓁長得多高了，她已經比慈美高，人家都說她長得最像你呢；灼很瘦，但他是個乖孩子，很少讓我們煩心。你看見了嗎，他們和十多個小姐妹兄弟玩得多好多熱鬧。你聽見了嗎？定國、珮如和立華都在唱歌呢，和往常一樣，在北投洗過溫泉以後，一排的站在你的面前唱「哥哥爸爸眞偉大」，你聽，他們唱得多好，你現在和往常一樣笑吟吟的給他們獎賞吧。

我是來遲了，我們每一個星期日都會來和你相聚，不會讓你寂寞，我們每個晚上仍然聊天聊得很晚，我們總會有一份消夜留給你。我們在家裏的爭吵和笑話相信你全都聽見了。你現在缺少什麼，請在夢裏告訴我們，我們馬上就送到你那裏去，我想，你最喜歡的那棵紫花的樹，我們一定會移種，我一直想，加州山邊漫山遍野的那種花，不知能不能移回來種，我記得你很喜歡那花的顏色，我定會設法去移一些回來。

太陽快下山了，讓我們一同再欣賞那溶溶的海水和落日；在黑暗來臨之前，我們不會回去。

（一九七七年七月十二日）

附錄

思維詩的來臨

——評介葉維廉近期的詩和散文

王文興

艾略脫在「詩歌與哲學」一文中，提到詩人的思想與哲學家思想的差別時，說明詩人的思想並非「思想」，只是情感的表達(註)。換一句話，詩人常常流露思考性的情感，這便是一般所謂富於哲意的詩人。這等看法，也適合其他諸藝術，譬如貝多芬的音樂，塞尙的繪畫，亨利．穆爾的彫塑，他們的都是富含哲意的藝術，但並非哲學家的思想，而是藝術家的思考性的情感。我國的現代詩，不得否認的，思考性的思維詩的出現數量甚少。倒也不是說只有思考性的詩才是惟一優秀的詩作。「小溪澄，小橋橫，小小墳前松柏聲。碧雲停，碧雲停，凝想往時，香車油壁輕。……」「朱竹垞」，「梅花引」珠圓玉潤，完美無疵，也是上上的藝術品。只是，我們的確樂意見到多量的思維詩的降臨。而葉維廉的作品，許許多恰屬思維詩的方向。

我認識葉維廉早在廿七年前。我清楚，至少有三位詩人影響葉維廉。他們是王維、聖．約翰．濮斯和威廉．卡洛斯．威廉斯。廿七年前，當我常和他在臺大文學院走廊見面，閑談近時的所讀時，即知道他深折服王維和聖・約翰・濮斯，而事隔廿年後，當他重回系裏擔任客座時，知道他對王維的崇慕依舊，而同時他也推重威廉・卡洛斯・威廉斯。葉維廉的兩集近作，「驚馳」和「憂鬱的鐵路」，明顯看得出來受到這三位詩人的影響。二書中自然大主題的屢現，可知出之於王維；散文詩的風格，受之於聖・約翰・濮斯；大部份短詩的透明，一塵不染的文字，得之於威廉・卡洛斯・威廉斯的簡潔、明晰的短句詩。這三位詩人，王維、聖・約翰・濮斯和威廉・卡洛斯・威廉斯，也都是思維詩詩人，其中二人由於文字之不同，難以舉例，在這裏試舉王維的一首詩，作思維詩的例證。

木末芙蓉花，山中發紅萼。
澗戶寂無人，紛紛開且落。

——辛夷塢——

這一首詩的思考性，見之探觸到宇宙的時序的運轉，能使我們的眼光，看得既開濶，又逖遠，而同時，我們又覺得，大自然中一種無所爲而爲的「生」同「滅」，與發不知道是窮侈底「富有」，還是漫無目的的「浪費」的噫歎。這首詩，總之，是在了解大自然的內在的實相，是要探討出大自然的「神秘感」而來的，——這樣的一首詩大約便是所謂的「思維詩」。

葉維廉開始的時間非常早，從我初認識他時起，我便覺得他寫的是思維詩。惟不知爲什麼始終，他的詩，未獲眾人廣大的注意；五年前，我偶在報端讀到他的短詩「吐露港」和「大尾篤」，感覺他的詩已步入成熟階段，甚至感覺他已邁入創作的高峯時期，而數週前，讀到他的結集詩册「驚馳」和「憂鬱的鐵路」，更感到我近數年來的看法不謬，「憂鬱的鐵路」尤其可稱爲他的代表作，因其中，像「吐露港」和「大尾篤」一樣的好詩連連不斷，「憂鬱的鐵路」實在應該得到眾人的注意和讚許。下面我擬介紹幾首「憂」集中的好詩，而我介紹這些好詩時，擬先介紹「吐露港」和「大尾篤」，雖然二首收在「驚馳」書中。但是書籍的劃分畢竟是強制和偶然的，就脈絡言，二詩（或二詩所屬的「沙田隨意十三盞」組詩）應歸收到「憂」集的羣詩隊中。現在我先介紹「憂」集中短詩的成就，而討論優秀的短詩，便要從「吐露港」和「大尾篤」開始。

吐露港

眞正的情話
很少是滔滔
不絕的
更不是向世界宣布
生命！自由！愛！

那種革命的情操
而是緩緩的
一絲絲
一滴滴
在溢出與
未溢出之間
有千種話語
在邊緣
爭渡
這大概是眉波泛泛
綿綿湧動的
吐露港之爲吐露港吧
所以充滿着愛
所以美

「吐露港」是一首情景交溶的短詩。就視覺效果來看，這首詩迫眞地描寫出漣漪圈圈的吐露港，而若就更深一層的思考意境來看，葉維廉有意闡寫大千世界的源頭，創造的流泉汩汩溢出，溶溶不停，生生不息。視覺的意義若謂之景，思維的意義便謂之情。尤不能忽略的是結構緊密，蓋通一首詩都從一個焦點出發。不，如以兩方面來看的話，則各自一個焦點，應說出發自兩個不同焦點。一個焦點是，吐露港的名字：「吐露」二字。通篇詩的內容都來自「吐露」二字引起的聯想。一整個詩就是「名字」的註腳。第二個焦點是，一整首詩所發自的詩歌意象：情話。爲了傳達吐露港的波浪像「情話」的意象，詩中屢屢出現暗示情話的字眼，諸如：「緩緩的」，「一絲絲」，「一滴滴」，「千種話語」，「眉波」，「綿綿」。「情話」意象的達成，有助於全詩氣氛的營造。因而，這首詩不但是爲情景的溶合，也是情景氣氛三者的結合。

大尾篇

爲了讓幾條
安詳的漁舟
像戲弄天風的鴨子那樣
滑溜在水鏡上
八仙嶺霍然站起
把袖一拂

擋住一切北來的厲風
然後手執毛筆，蘸墨
斜斜一揮一灑
幾個島嶼
灑落在東南方
好把夜來
過猛的海風
梳溜梳溜

可能是葉維廉近作中音樂感最傑出的一首。「滑溜在水鏡上」，「好把夜來／過猛的海風／梳溜梳溜」。「大尾篤」是一首十分純粹的意象詩。海上的島嶼，彷如仙人潑墨的墨蹟。驚人的是，從這意象再一蹤，依想像力蹤出來的結尾：「好把夜來／過猛的海風／梳溜梳溜」。這一蹤眞是奇思妙想，予人意想不到的驚喜。能夠狂想馳突，是針對研究的意象格物格出來的結果。格物便是深深的思考，貫注的思考，長久的思考。

「釉的太陽」，出現「憂鬱的鐵路」集中，是另一首格物產生的短詩。全詩僅十九個字，比五言絕句還短。其短促，和突悟的風格，更近日本的俳句，而非我國的絕句。

落在泥溝裏
太陽
一下子
把濃濁
釉成
陶亮一片

令人側目的是「釉成／陶亮一片」的結尾。「釉」本名詞，作者大膽將之易爲動詞，收到新穎不俗的效果。「陶亮一片」，也是不拘陳規的自創，所「釉」的旣非陶，也非水，旣是陶，也是水，介乎陶與水之間，故曰「陶亮一片」。

「憂鬱的鐵路」中似小令的短詩很多，它們的語言都能做到威廉斯語言的清空明澈，纖塵不染。而「麋鹿居的辭行」卻是一首內容更見豐盛的較長詩篇，一闋慢詞。「麋鹿居的辭行」是一首悼亡詩。悼亡詩歷來很少寫得好的，一來常觸濫情的毛病，作者悲慟太過，聲淚滂沱而下，反而無法感動讀者。二來角度千篇一律，無不直寫主觀的感懷，至少歷代的中國悼亡詩例皆如此。是故，中國悼亡詩，屈指可數的，恐怕只有元稹「遣悲懷」一作。再有一首，接近悼亡詩，出於懇摯的友情，沉痛傷別的，是清人顧梁汾的「金縷曲」。「金縷曲」是我讀過最感動人的一首中國舊詩（當然可以說舊詞）。我不妨簡決扼要的說，「麋鹿居的辭行」是一首足可匹美「金縷曲」的詩。雖曰長了一點，我還是抄錄原詩於下爲好：

麋鹿
請你們像往常一樣
從山谷的晨霧裏
漫步出來
圍到你們好主人窗下的欄杆前
鶺鴒鳥
請你們啣著朝霞
拍動著樹葉和草葉的香
比翼飛來
停在你們好主人窗前的枝頭
松鼠
請你們暫棄地上枝頭間的戲逐
乘著泥土初發的清郁

齊齊聚合在
你們好主人的樓梯前
聽我說
今天你們的好主人要走上
一段漫長的旅程
在無聲的睡眠的甬道上
追尋他更深遠的生命
離去，他說，使他唯一放不下心的
是他再不能每天早晨親身地飼餵你們
但你們可不要擔心啊
他已經準備了很多很多豐盛的糧食
請你們像往常一樣
來到他窗前分享
這樣，他在那遙遠的國度裏
便也可以安心歡快地旅行
麋鹿、鷓鴣、松鼠

離去，他說，你們絕不能鎖眉啞調啊
他要你們像他往常那樣
戴著他的小帽子輕快地
進出樓房上下樓梯的樣子
他要你們像往常一樣
濯足試水鼓翼攀枝
因爲這是你們的好主人
最愛看的晨舞
就請你們像往常那樣躍動
陪你們的好主人
走到他遙遠的旅程上的第一個長亭
麋鹿、鷗鴣、松鼠
讓我們帶著他永久的輕快與微笑開始……

這一首詩不僅道出了人亡物在的悽然，也兼寫居停主人的性格，他那友麋鹿，親鷗鳥的博愛之心，和悠然物外的淡泊之懷。更重要的是，作者深刻的體會到死亡的意義，認識死亡是歸向於永恆，是蹤身於大化，是一種平靜的歸宿。

作者從未明寫悲哀，但我們感覺得出他在強自忍淚，因而他的悲哀反而感動了我們，收到了深切的效果。作者應該是一個用情至深的人，否則寫不出這樣誠懇的情感，證諸他的其他詩作，益知誠然。「憂」集中的「焚寄許芥昱」，「驚馳」中數首有關席德進的詩，都可印證作者對人濃厚的友情。

這首詩用語也極自然，轉圜之處極爲暢順，全詩數十句話，讀來像一句話，似一口氣抒說到底。假如有什麼缺點的話，我該說，「好主人」的「好」字，也許並不很好，可以省略。甚而不須換字都可以，就是省略，似乎讀起來效果仍然一樣。

「憂鬱的鐵路」集中，除了簡短的小詩和慢詞之外，再有的便是散文及散文詩了。葉維廉的散文詩十分特殊。他的短詩慢詞用的是道地的、口語化的語言，而他的散文詩的語言卻是前衞的，富於實驗性的。或許有人會譏誚他的語言有「洋葱味」，乃至說：「洋騷味」。這當然是偏見。呼人爲鷄，呼人爲犬的命名方式，也可以倒轉回來，譏稱另一些人的散文含「布鞋味」。其實西化的散文，並非西化，而是個人化。這樣的散文力圖求新，求變，尋找的是更大的創造的自由。較之墨守成規的「正統」散文，是要個人化得多了。再是，有人疵病這一類的散文難予卒讀，事實，我讀葉維廉的散文詩，反覺得比其他的散文更易閱讀。原因是，一般的散文，雖曰通順，思路卻是歇斯底理式，讀來令人頭昏眼花，實在並不是眞正的易於覽讀。葉維廉散文詩中的散文，雖是迂廻，曲折，但是理路分明，步驟井井，而且富於節奏感，覽讀的人跟隨不艱苦，甚至都可以令覽讀人忘憊。

「憂」書中的散文詩，最優秀的爲「憂鬱的鐵路」，和「嘉南平原夜的儀式」。「憂鬱的鐵路」帶一種氤氳之美，這種朦朧的，氤氳的迷人，恐皆出於此文特殊的文字，也就是說，出自獨創性甚高的實驗文體。這文體傳給人沉思的，默想的，也就是富思維的，體韻。而文中屢次輕喚：「憂鬱的鐵路！」尤其令人低廻不已，深得「一唱三歎」之妙。「嘉南平原夜的儀式」描寫落日的景色，壯麗而靜穆，意在感會大自然日日偉大的運作；摹寫的辦法，採法國新小說與新潮電影的方式，以固定的開麥拉眼，長久地凝注，秋毫畢察地紀錄景色的變遷，直到文末，最後一句，戲劇一般的結束。

「谷原的廢井」，和「四四方方的生活，曲曲折折的自然」，及「動物園」，也是散文詩中的佳作，只是與思維詩的方向又有一番不同了。「谷原的廢井」並無思考性，或者甚至說，根本沒有重心，沒有明顯的目的、題旨，敍述的只是一段尋井的經過，結果似乎也沒有尋到，非但內容上看不見方向，卽形式上也無法歸類，——是一篇徹徹底底的「無所爲而爲」的散文詩。而這樣，無所爲而爲，不衫不履，不僧不道的特殊風格，正是他迷人之處，是篇無以名之的、令人喜愛的小品。「四四方方的生活，曲曲折折的自然」和「動物園」，則比思維詩更進一步，是哲理詩，哲理的散文詩，卡夫卡意味的哲理表達，在「憂」書中，亦可曰自成一格。

在「憂鬱的鐵路」集中，還有若干臺港二地以外的旅遊詩，語言均極佳妙，但詩意尚值加強，也許因爲旅遊速寫，未及深思、熟考之故，這類的材料，可待將來再寫成更好的詩篇，發展爲更成熟的思維之作，當共爲本文作者及讀者的齊同之望。

註：見 John Hayward 編「艾略脫散文選」，企鵝版，一九五三年。

葉維廉簡介

在中年輩的詩人學者中，很少人能像葉維廉敎授那樣，同時在詩創作、翻譯、文學批評和比較文學四方面都有突破性的貢獻。

葉氏早年在臺灣與瘂弦、洛夫、商禽、張默等從事新詩前衞思潮與技巧的推動，一時風起雲湧。他的詩與詩論均曾獲獎（「降臨」，最佳詩作獎；「秩序的生長」，敎育部文藝獎），並在一九七九年被列入「中國十大傑出詩人選集」。

在翻譯方面，他譯的「荒原」和論艾略特的文字在六十年代的臺灣，受到很大的注意。其後他又譯介歐洲和拉丁美洲現代詩人（見其「眾樹歌唱」），開拓了不少新的視野和技巧。在中譯英方面，他一九七〇年出版的 Modern Chinese Poetry，其中有六人被收入美國大學常用敎科書內。在中國古典詩方面，葉氏則通過中國古代美學根源的重認，譯介了王維一卷（Hiding the Universe: Poems of Wang Wei）和「中國古典詩文類舉要」（Chinese Poetry: Major Modes and Genres），匡正了西方翻譯對中國美感經驗的歪曲。

在文學批評方面，除了早期論詩文集「秩序的生長」外，還著有「中國現代小說的風貌」（香港版是「現象・經驗・表現」），是第一本探討臺灣現代小說藝術美學理論基源的書。

葉氏近年在學術上貢獻最突出，最具領導性、影響最具國際性的無疑是他在東西比較文學方法的提供與發明，由他的「東西比較文學模子的應用」一文（一九七四）開始，到最近出版的「比較詩學」一書（一九八三），十一年來，對西方新、舊文學理論應用到中國文學研究的可行性及危機，作了根源性的質疑與綜合，並通過「異同全識並用」的闡明，來肯定及發揮中國古典美學的特質，又通過中西文學模子和體制的「互照互省」，來試圖尋求更合理的共同文學規律來建立多面性的理論架構。

葉氏在一九三七年生於廣東中山，先後畢業於臺大外文系，師大英語研究所，並獲愛荷華大學美學碩士及普林斯頓大學比較文學哲學博士。

葉氏中英文著作凡三十冊。主要詩集有：「賦格」、「愁渡」、「醒之邊緣」、「野花的故事」、「花開的聲音」、「松鳥的傳說」、「驚馳」。散文集有：「萬重風煙」、「憂鬱的鐵路」。中文論文有：「秩序的生長」、「中國現代小說的風貌」、「飲之太和」、「比較詩學」。英文論文譯著有：Ezra Pound's Cathay; Modern Chinese Poetry, Chinese Poetry; Major Modes and Genres; Hiding the Universe: Poems of Wang Wei。中譯有「荒原」及「眾樹歌唱」兩種。

葉氏自一九六七年便任教於加州大學聖地雅谷校區，現任比較文學系主任。一九七〇、一九七四，曾以客座身份返回其母校臺灣大學協助建立比較文學博士班。又在一九八〇～八二，出任香港中文大學英文系首席客座講座教授，並協助建立比較文學研究所。一九八六年春天則在清華大學講授傳釋行爲與中國詩學，對跨文化間的傳意、釋意作了深入淺出的論說。

滄海叢刊已刊行書目(八)

書名	作者	類別
文學欣賞的靈魂	劉述先	西洋文學
西洋兒童文學史	葉詠琍	西洋文學
現代藝術哲學	孫旗譯	藝術
音樂人生	黄友棣	音樂
音樂與我	趙琴	音樂
音樂伴我遊	趙琴	音樂
爐邊閒話	李抱忱	音樂
琴臺碎語	黄友棣	音樂
音樂隨筆	趙琴	音樂
樂林蓽露	黄友棣	音樂
樂谷鳴泉	黄友棣	音樂
樂韻飄香	黄友棣	音樂
樂圃長春	黄友棣	音樂
色彩基礎	何耀宗	美術
水彩技巧與創作	劉其偉	美術
繪畫隨筆	陳景容	美術
素描的技法	陳景容	美術
人體工學與安全	劉其偉	美術
立體造形基本設計	張長傑	美術
工藝材料	李鈞棫	美術
石膏工藝	李鈞棫	美術
裝飾工藝	張長傑	美術
都市計劃概論	王紀鯤	建築
建築設計方法	陳政雄	建築
建築基本畫	陳榮美 楊麗黛	建築
建築鋼屋架結構設計	王萬雄	建築
中國的建築藝術	張紹載	建築
室内環境設計	李琬琬	建築
現代工藝概論	張長傑	雕刻
藤竹工	張長傑	雕刻
戲劇藝術之發展及其原理	趙如琳譯	戲劇
戲劇編寫法	方寸	戲劇
時代的經驗	汪琪 彭家發	新聞
大衆傳播的挑戰	石永貴	新聞
書法與心理	高尚仁	心理

滄海叢刊已刊行書目(七)

書名	作者	類	別
印度文學歷代名著選(上)(下)	糜文開編譯	文	學
寒山子研究	陳慧劍	文	學
魯迅這個人	劉心皇	文	學
孟學的現代意義	王支洪	文	學
比較詩學	葉維廉	比較	文學
結構主義與中國文學	周英雄	比較	文學
主題學研究論文集	陳鵬翔主編	比較	文學
中國小說比較研究	侯健	比較	文學
現象學與文學批評	鄭樹森編	比較	文學
記號詩學	古添洪	比較	文學
中美文學因緣	鄭樹森編	比較	文學
文學因緣	鄭樹森	比較	文學
比較文學理論與實踐	張漢良	比較	文學
韓非子析論	謝雲飛	中國	文學
陶淵明評論	李辰冬	中國	文學
中國文學論叢	錢穆	中國	文學
文學新論	李辰冬	中國	文學
離騷九歌九章淺釋	繆天華	中國	文學
苕華詞與人間詞話述評	王宗樂	中國	文學
杜甫作品繫年	李辰冬	中國	文學
元曲六大家	應裕康 王忠林	中國	文學
詩經研讀指導	裴普賢	中國	文學
迦陵談詩二集	葉嘉瑩	中國	文學
莊子及其文學	黃錦鋐	中國	文學
歐陽修詩本義研究	裴普賢	中國	文學
清真詞研究	王支洪	中國	文學
宋儒風範	董金裕	中國	文學
紅樓夢的文學價值	羅盤	中國	文學
四說論叢	羅盤	中國	文學
中國文學鑑賞舉隅	黃慶萱 許家鸞	中國	文學
牛李黨爭與唐代文學	傅錫壬	中國	文學
增訂江皋集	吳俊升	中國	文學
浮士德研究	李辰冬譯	西洋	文學
蘇忍尼辛選集	劉安雲譯	西洋	文學

滄海叢刊已刊行書目(六)

書名	作者	類別
卡薩爾斯之琴	葉石濤	文學
青囊夜燈	許振江	文學
我永遠年輕	唐文標	文學
分析文學	陳啓佑	文學
思想起	陌上塵	文學
心酸記	李喬	文學
離訣	林蒼鬱	文學
孤獨園	林蒼鬱	文學
托塔少年	林文欽編	文學
北美情逅	卜貴美	文學
女兵自傳	謝冰瑩	文學
抗戰日記	謝冰瑩	文學
我在日本	謝冰瑩	文學
給青年朋友的信(上)(下)	謝冰瑩	文學
冰瑩書柬	謝冰瑩	文學
孤寂中的廻響	洛夫	文學
火天使	趙衞民	文學
無塵的鏡子	張默	文學
大漢心聲	張起鈞	文學
回首叫雲飛起	羊令野	文學
康莊有待	向陽	文學
情愛與文學	周伯乃	文學
湍流偶拾	繆天華	文學
文學之旅	蕭傳文	文學
鼓瑟集	幼柏	文學
種子落地	葉海煙	文學
文學邊緣	周玉山	文學
大陸文藝新探	周玉山	文學
累廬聲氣集	姜超嶽	文學
實用文纂	姜超嶽	文學
林下生涯	姜超嶽	文學
材與不材之間	王邦雄	文學
人生小語(一)(二)	何秀煌	文學
兒童文學	葉詠琍	文學

滄海叢刊已刊行書目(五)

書名	作者	類別
中西文學關係研究	王潤華	文學
文開隨筆	糜文開	文學
知識之劍	陳鼎環	文學
野草詞	韋瀚章	文學
李韶歌詞集	李韶	文學
石頭的研究	戴天	文學
留不住的航渡	葉維廉	文學
三十年詩	葉維廉	文學
現代散文欣賞	鄭明娳	文學
現代文學評論	亞菁	文學
三十年代作家論	姜穆	文學
當代臺灣作家論	何欣	文學
藍天白雲集	梁容若	文學
見賢集	鄭彥棻	文學
思齊集	鄭彥棻	文學
寫作是藝術	張秀亞	文學
孟武自選文集	薩孟武	文學
小說創作論	羅盤	文學
細讀現代小說	張素貞	文學
往日旋律	幼柏	文學
城市筆記	巴斯	文學
歐羅巴的蘆笛	葉維廉	文學
一個中國的海	葉維廉	文學
山外有山	李英豪	文學
現實的探索	陳銘磻編	文學
金排附	鍾延豪	文學
放鷹	吳錦發	文學
黃巢殺人八百萬	宋澤萊	文學
燈下燈	蕭蕭	文學
陽關千唱	陳煌	文學
種籽	向陽	文學
泥土的香味	彭瑞金	文學
無緣廟	陳艷秋	文學
鄉事	林清玄	文學
余忠雄的春天	鍾鐵民	文學
吳煦斌小說集	吳煦斌	文學

滄海叢刊已刊行書目㈣

書名	作者	類別
歷史圈外	朱桂	歷史
中國人的故事	夏雨人	歷史
老臺灣	陳冠學	歷史
古史地理論叢	錢穆	歷史
秦漢史	錢穆	歷史
秦漢史論稿	刑義田	歷史
我這半生	毛振翔	歷史
三生有幸	吳相湘	傳記
弘一大師傳	陳慧劍	傳記
蘇曼殊大師新傳	劉心皇	傳記
當代佛門人物	陳慧劍	傳記
孤兒心影錄	張國柱	傳記
精忠岳飛傳	李安	傳記
八十憶雙親 師友雜憶 合刊	錢穆	傳記
困勉強狷八十年	陶百川	傳記
中國歷史精神	錢穆	史學
國史新論	錢穆	史學
與西方史家論中國史學	杜維運	史學
清代史學與史家	杜維運	史學
中國文字學	潘重規	語言
中國聲韻學	潘重規 陳紹棠	語言
文學與音律	謝雲飛	語言
還鄉夢的幻滅	賴景瑚	文學
葫蘆・再見	鄭明娳	文學
大地之歌	大地詩社	文學
青春	葉蟬貞	文學
比較文學的墾拓在臺灣	古添洪 陳慧樺 主編	文學
從比較神話到文學	古添洪 陳慧樺	文學
解構批評論集	廖炳惠	文學
牧場的情思	張媛媛	文學
萍踪憶語	賴景瑚	文學
讀書與生活	琦君	文學

滄海叢刊已刊行書目㈢

書名	作者	類別
不疑不懼	王洪鈞	教育
文化與教育	錢穆	教育
教育叢談	上官業佑	教育
印度文化十八篇	糜文開	社會
中華文化十二講	錢穆	社會
清代科舉	劉兆璸	社會
世界局勢與中國文化	錢穆	社會
國家論	薩孟武譯	社會
紅樓夢與中國舊家庭	薩孟武	社會
社會學與中國研究	蔡文輝	社會
我國社會的變遷與發展	朱岑樓主編	社會
開放的多元社會	楊國樞	社會
社會、文化和知識份子	葉啓政	社會
臺灣與美國社會問題	蔡文輝 蕭新煌 主編	社會
日本社會的結構	福武直 著 王世雄 譯	社會
三十年來我國人文及社會科學之回顧與展望		社會
財經文存	王作榮	經濟
財經時論	楊道淮	經濟
中國歷代政治得失	錢穆	政治
周禮的政治思想	周世輔 周文湘	政治
儒家政論衍義	薩孟武	政治
先秦政治思想史	梁啓超原著 賈馥茗標點	政治
當代中國與民主	周陽山	政治
中國現代軍事史	劉馥著 梅寅生譯	軍事
憲法論集	林紀東	法律
憲法論叢	鄭彥棻	法律
師友風義	鄭彥棻	歷史
黃帝	錢穆	歷史
歷史與人物	吳相湘	歷史
歷史與文化論叢	錢穆	歷史

滄海叢刊已刊行書目(二)

書名	作者	類別
語言哲學	劉福增	哲學
邏輯與設基法	劉福增	哲學
知識・邏輯・科學哲學	林正弘	哲學
中國管理哲學	曾仕强	哲學
老子的哲學	王邦雄	中國哲學
孔學漫談	余家菊	中國哲學
中庸誠的哲學	吳怡	中國哲學
哲學演講錄	吳怡	中國哲學
墨家的哲學方法	鐘友聯	中國哲學
韓非子的哲學	王邦雄	中國哲學
墨家哲學	蔡仁厚	中國哲學
知識、理性與生命	孫寶琛	中國哲學
逍遙的莊子	吳怡	中國哲學
中國哲學的生命和方法	吳怡	中國哲學
儒家與現代中國	韋政通	中國哲學
希臘哲學趣談	鄔昆如	西洋哲學
中世哲學趣談	鄔昆如	西洋哲學
近代哲學趣談	鄔昆如	西洋哲學
現代哲學趣談	鄔昆如	西洋哲學
現代哲學述評(一)	傅佩榮譯	西洋哲學
懷海德哲學	楊士毅	西洋哲學
思想的貧困	韋政通	思想
不以規矩不能成方圓	劉君燦	思想
佛學研究	周中一	佛學
佛學論著	周中一	佛學
現代佛學原理	鄭金德	佛學
禪話	周中一	佛學
天人之際	李杏邨	佛學
公案禪語	吳怡	佛學
佛教思想新論	楊惠南	佛學
禪學講話	芝峯法師譯	佛學
圓滿生命的實現(布施波羅蜜)	陳柏達	佛學
絶對與圓融	霍韜晦	佛學
佛學研究指南	關世謙譯	佛學
當代學人談佛教	楊惠南編	佛學

滄海叢刊已刊行書目㈠

書名	作者	類別
國父道德言論類輯	陳立夫	國父遺教
中國學術思想史論叢㈠㈡㈢㈣㈤㈥㈦㈧	錢穆	國學
現代中國學術論衡	錢穆	國學
兩漢經學今古文平議	錢穆	國學
朱子學提綱	錢穆	國學
先秦諸子繫年	錢穆	國學
先秦諸子論叢	唐端正	國學
先秦諸子論叢（續篇）	唐端正	國學
儒學傳統與文化創新	黃俊傑	國學
宋代理學三書隨劄	錢穆	國學
莊子纂箋	錢穆	國學
湖上閒思錄	錢穆	哲學
人生十論	錢穆	哲學
晚學盲言	錢穆	哲學
中國百位哲學家	黎建球	哲學
西洋百位哲學家	鄔昆如	哲學
現代存在思想家	項退結	哲學
比較哲學與文化㈠㈡	吳森	哲學
文化哲學講錄㈠㈡㈢㈣	鄔昆如	哲學
哲學淺論	張康譯	哲學
哲學十大問題	鄔昆如	哲學
哲學智慧的尋求	何秀煌	哲學
哲學的智慧與歷史的聰明	何秀煌	哲學
內心悅樂之源泉	吳經熊	哲學
從西方哲學到禪佛教 —「哲學與宗教」一集—	傅偉勳	哲學
批判的繼承與創造的發展 —「哲學與宗教」二集—	傅偉勳	哲學
愛的哲學	蘇昌美	哲學
是與非	張身華譯	哲學